The Elven Cookbook
A Recipe Book Inspired by the Elves of Tolkien
by Robert Tuesley Anderson

エルフの料理帳
トールキンの世界を味わうレシピ

ロバート・トゥーズリー・アンダーソン

森嶋マリ訳

原書房

日本版について

本文中の固有名詞については主に以下を参考にした。

『新版　ホビット──ゆきてかえりし物語』(山本史郎訳、原書房、2012年)
『最新版　指輪物語1-7』(瀬田貞二／田中明子訳、評論社、2022-2023年)
『新版　シルマリルの物語』(田中明子訳、評論社、2022年)

材料について

中力粉
薄力粉でも代用できるが、強力粉と薄力粉を1：1の割合で混ぜると中力粉に近いものができる。

図版クレジット

Victor Ambrus: カバー, 7, 14, 21. 25, 42,58, 79, 89, 96, 111, 114,
124, 128; Allan Curiess: 139;
Octopus Poblishing Groupe: Stephen Conroy 30, 33, 91, 127, 136, 156;
Will Heap 36, 47, 133, 141: Lis Parsons 49, 63.65, 98, 107. 153,
William Reavell 57; Craig Roberts 95, William Shew 17, 22.
27, 54, 75, 81, 87, 113; Lam Wallace 105, 117:
iStock : Alhoniess, Anders_Hill, ant _ art,
bonibuscreative, ibusca, Jon Wightman,
Kseniia Goroun, Nastasic, Neil Hubert,
Neuevector, smartboy 10.

本書はトールキン財団およびハーパーコリンズ・パブリッシャーズ
によって認可された公式本ではありません。

First published in Great Britain in 2022 by Pyramid,
an imprint of Octopus Publishing Group Ltd
Carmelite House
50 Victoria Embankment
London, EC4Y 0DZ
www.octopusbooks.co.uk
Copyright © Octopus Publishing Group Ltd 2022
Text copyright © Robert Tuesley Anderson 2022

Japanese translation rights arranged with
MARCO RODINO AGENCY
through Japan UNI Agency, Inc., Tokyo

目次

はじめに……6

🌿 朝食……10

ネドレス産のキノコ……12
ティリオンの都のトマト……13
ジャガイモのロスティ……14
ベレンのビーガン・スクランブル……16
ビルボのさけ谷の朝ごはん……18
シリオン川の塩漬けサーモン……19
船造りキールダンの黄金のケジャリー……20
森間村のリンゴのケーキ……22
アマンのコーンブレッドマフィン……24
シルマリルの朝ごはんのフィナンシェ……25
テイグリンのローストした
　　ハシバミのミューズリー……28
ヤヴァンナの全粒粉のパン……29
ゴンドリンの薔薇の花びらのジャム……31
イシリエンのキイチゴのジャム……32
アルウェンのビルベリーのジャム……34
エゼッロンドのアーモンドバター……35
魔法使いラダガストの手作りオーツミルク……36

エルフの料理……38

🌿 軽食……40

闇の森のイラクサのスープ……42
アラウの野牛のオックステールスープ……43
アルクワロンデの二枚貝のスープ……44
トル・エレッセアの
　　シーアスパラガスたっぷりの海のサラダ……45

メネグロスのエンダイブと洋ナシのサラダ……46
銀筋川のスモークニジマス……48
海草のケーキ……50
リンドンのカニのパテ……51
エルウィングの白いピザ……52
フィンゴルフィンの干しダラのコロッケ……53
レゴラスのレタスのボートに乗ったカモ肉……56
ヴィンギロトのパスティー……58
青の魔法使いのステーキ……60
フェアノールの炎の焼きカボチャ……61
ルーシエンのアスパラガスのタルト……62
ローリエンの庭のアボカド……64

ヴァリノールの食事……66

🌿 メインディッシュ……68

エレギオンの根菜のシチュー……70
ヴァンヤールのインゲン豆のシチュー……71
モリクウェンディの
　　黒レンズ豆と黒インゲン豆のカレー……72
ギル=ガラドの黄金のダール……73
クイヴィエーネンのムール貝……74
バラール島のグリルド・ロブスター……76
ラウターブルンネンのマスのオーブン焼き……77
シーアスパラガスとブリームのはさみ焼き……78
ネンヤのタラとココナッツのカレー……80
ナルヤのレッドカレー……82
ヴィルヤのピラフ……83
闇の森のキジ肉のブラックベリーソースがけ……84
ナルゴスロンドのローストチキン……85

アヴァリの鹿肉のモロッコ風煮込み……86
ケレゴルムの鹿肉のステーキ……88
オロメの煮込んだ鹿肉のパイ……89
インディスのニンジンと
　リンゴとナッツのロースト……92
スランドゥイルの牛肉の煮込み……93
サルマールの豚肉と
　マッシュルームのパスタ……94
イノシシのソーセージ……96
さけ谷の仔羊のロースト……98

エルフの狩猟採集……100

みんなで食べるごちそう……102

ヴァリノールのジャガイモ料理……104
エグラディルでとれた
　ズッキーニのフリッター……106
コイマス（携行食）……108
星明かりのタブーリ……109
アラゴルンとアルウェンの結婚式のムサカ……110
メレス・アデルサドのパエリア……112
ナンドールのバーベキュー・チキン……115
ベレガイアの焼きサバ……116
ヴァンヤール族のラム肉のバーベキュー……118
エルド・ルインの野菜の串焼き……119

大いなる饗宴と、エルフの英雄時代……120

デザートとお菓子……122

メリアンのプラムの
　コンポートを添えたチーズケーキ……124
ドルソニオンのヘザーの
　蜂蜜のスポンジケーキ……126
ガラドリエルのクッキー……128
テイグリンのヘーゼルナッツとナシのケーキ……130
ゴールドベリのコムハニーの
　クリームをはさんだ三段パンケーキ……131
ヴァーナのアップルパイ……132
ヒスルムのタルト……134
レモンメレンゲとサジーのパイ……135
エルベレスの星のベリーのクリーム……138
レゴラスのキイチゴのプディング……139
オッセのゼリー……142
スィンベルミュネのアイスクリーム……143

植物の宝庫……144

飲み物……146

ギルドールの
　セイヨウニワトコのコーディアル……148
イムラドリスのコーディアル……149
エラノールとリッスインのアイスティー……150
ゴールドベリのイラクサのハーブティー……151
ローリエンのカモミールティー……152
エオルのスロージン……154
ライクウェンディのカクテル……155
エルフ王の赤ワインのパンチ……156

索引……158

はじめに

　トールキンはその作品の中で、ホビットや人間の食文化と食生活をきちんと描いている。だが、それに比べて、エルフの食にまつわる描写はかなり少ない。別世界に生きる不死身の存在であるエルフの食文化が詳しく記されているのは、『ホビット』の冒頭の予期せぬお茶会の件（くだり）ぐらいだ。はたしてエルフは一日に何回食事をするのだろう？　それすらはっきりしないが、食にこだわるホビットのように可能であれば5食も食べるとは考えにくい。また、好きな食材や料理もよくわからない。トールキンは作品を隅々まで読みこむ読者にも、エルフの日常を覗き見させてくれないのだ。それによって、ミドルアース（中つ国）に生きる"庶民的"な他の種族に対して、エルフが一線を画した存在であることが際立っている。エルフはその物語の一部でありながら、どこか異なる雰囲気の中で生きているのだ。

　とはいえ、エルフはまちがいなく食べもすれば、飲みもする。そして、そういったことを楽しんでいるようだ。不死身とも言えるエルフだが、腹はすくらしい。『シルマリルの物語』に登場する亡命の民となったエルフが氷の海峡ヘルカラクセを渡る壮大な旅を読めば、それがよくわかる。さらに、エルフはお祝いの料理やお祭り騒ぎが大好きで、ベレリアンドでの逸話には歓迎の宴（うたげ）や祝宴でのごちそうがたびたび出てくる。また、『ホビット』を読めば、闇の森のエルフ王（スランドゥイル）が上等な赤ワインをこよなく愛し、東方から樽入りのワインを山のように取り寄せているのがわかる。どうやらスランドゥイルはドワーフやホビットに負けず劣らず食欲旺盛らしい。それ以外にもエルフに関する逸話から、一見この上なく優美で食欲とは無縁に思えるエルフが、実はそうではないことがわかる。エレボールへの遠征で、さけ谷にたどり着いたビルボは、臓物のミートボールの窯焼きや、焼きたてのバノック（平たい種なしパン）など、おいしそうな匂いが漂ってきそうな料理を目の当たりにした。その場面からも、エルフが澄んだ水や森で集めた果物や野菜、栄養豊富なウェイブレッド（携行食）だけを食べているわ

けではなく、もっと手のこんだ料理を作っていることがわかる。少なくともエルフはビーガン（完全菜食主義者）ではなさそうだ。

『指輪物語』や『ホビット』を読んでいると、冒険の旅に出た登場人物と一緒にテーブルを囲んで、食事をしている気分になる。お百姓のマゴット爺さんの台所で、お皿にこんもり盛られたキノコのバター炒めを平らげて、ブリー村の躍る小馬亭でいい匂いのブラックベリーのタルトにかじりつき、トム・ボンバディルの家でパンにクリームをたっぷり塗ってハチミツを垂らす。フロドやサム、メリーやピピンと一緒に食卓を囲みながら、自分自身の食べ物の記憶をたどって、トールキンの見事な物語を楽しみ、より深く味わうのだ。

ところが、エルフに関してはそうはいかない。ガラドリエルと一緒にウサギのシチューを食べている場面はそう簡単には想像できない。というわけで、本書の大きな目的のひとつは、エルフの食べ物と現実の食べ物のギャップを埋めることだ。ぜひとも、エルフとともに食事をして、楽しい時間を過ごしてほしい。

エルフと呼ばれるエルダール族はすべて同じではなく、その特徴にしろ、言語や文化にしろ、むしろ人間よりも多種多様だ（9ページの系図を参照）。トールキンは長い時間をかけて、エルフのいくつもの種族と、はるか遠い昔にまでさかのぼる歴史を思い描き、発展させて、森、山、渓谷、海辺など、エルフが暮らす広大で多様な土地と、エルフとともに富み栄える動植物を創りあげた。そういったことにしっかり目を向けてこそ、エルフの食べ物や飲み物のヒントが得られるのだ。

たとえば、トールキンが描いたエルフ族の中で、テレリと呼ばれる種族は海や航海と縁がある。『シルマリルの物語』に描かれているとおり、テレリはいくつもの種族へと複雑に進化を遂げるが、そもそもはミドルアースの東の果てで目覚めたエルダール族（最初に生ま

れた者たち）の第三陣で、もっとも数が多く、エルウェとオルウェという兄弟に率いられてアマンへと旅立った。早い段階で筏を作り、やがて小舟を、ついには大きな船を完成させて、リューンにある巨大な湖（内陸海）を渡ったのだった。そこから推測するに、テレリ族は先史時代から、巨大な淡水湖やそこに流れこむ大小さまざまな川で魚をとり、調理して食べていたはずだ。テレリ族のミドルアースの水への思い入れは、ベレリアンドの海岸に着くとさらに強まった。また、海の精霊であるマイア族のオッセの庇護も受けるようになった。ヴァラール族のウルモ（トールキンの世界での海の神ポセイドンやネプチューンのような存在）は、テレリに海を渡らせてヴァリノールへ導くためにやってきて、船として機能する浮島を岸につなぎ、その後、その島を沖合にしっかり固定した。のちに海のエルフと呼ばれることになるテレリは、その島トル・エレッセアで何年も暮らしたものの、最後にはオッセの手を借りて船を造り、西へ航海してアマンに渡り、大好きな海のそばに定住したのだった。テレリは優秀な船大工で、漁師でもあったはずだが、それについてトールキンはいっさい触れていない。それでも、テレリ族が造った白鳥の船は、港町アルクワロンデに大量の魚やロブスターをはじめ、さまざまな海の幸をもたらして、急増するテレリ族の胃袋を満たしたにちがいない。さらに、海藻やムール貝といった海岸や入江でとれる種々雑多な海産物を使うことで、テレリの海鮮料理はますますバラエティに富み、興味深いものになったはずだ。

　一般的なレシピ本と同じように、本書でも料理をきちんと分類している。朝食、軽食、メインディッシュ、デザートと飲み物、そして、大勢で食べるごちそうだ。さらに、エルフのさまざまな種族とその特徴に応じたレシピを掲載している。たとえば海の民であるテレリ族なら魚介類をふんだんに使った料理が、シンダールをはじめとする森のエルフならジビエや木の実、ベリー類を使ったおいしい料理が、たくさんそろっている。

　本書の目的は、エルフの種族ごとに、あるいは暮らしている場所ごとに、料理の想像図を描くことだ。躍る小馬亭やミナス・ティリスにある酒場はさておき、ミドルアースでぜひとも味わいたい最高の料理は、エルフの宴のテーブルに並んでいる。食べて、飲んで、大いに楽しもう！

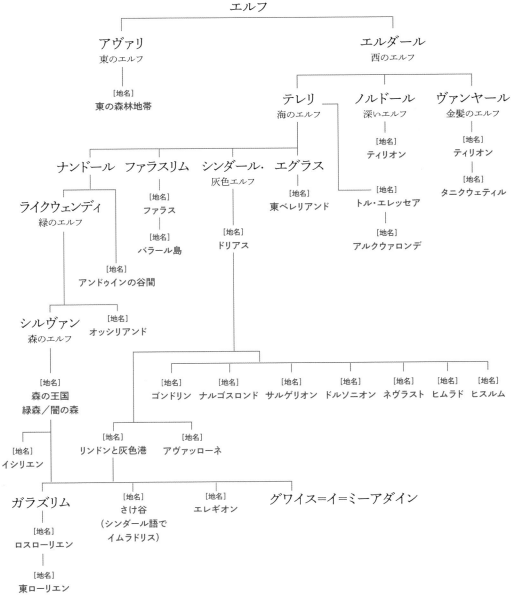

朝食
BREAKFAST

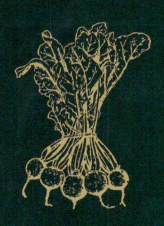

栄養学的に朝食が一日でもっとも重要な食事なのかどうかはさておき、気持ちを大きく左右する食事であるのはまちがいない。朝食のあとにはたいてい別れがあり、旅が始まる（仕事に行くだけだとしても、それは変わらない）。ひとまず大切なわが家と愛する人を置いて、出ていかなければならないのだ。

　『指輪物語』にも幾度となくそういう場面が出てくる。別れの切なさと、それに続く望郷の念はこの物語の永遠のテーマだ。その根底には、第一次世界大戦中の1916年、トールキンが新妻エディスを残して、西部戦線へ赴くという出来事があるのかもしれない。フロドの渋々ながらのホビット庄からの出立、ホビットたちのトム・ボンバディルの家との別れ、旅の仲間のさけ谷からの気の重い旅立ち、そして、さらに胸が痛むエルフの王国ロスローリエンからの出立など、辛い別れがいくつも描かれている。だが、それでもうっかり朝食を食べ忘れることはない。長い旅や困難な旅には、充分に満たされた胃袋が必要なのだ。

　では、想像してみよう——あなたは今、黄金の森（ロスローリエン）のはずれにいて、大河に沿った長い旅に出ようとしている。エルフと別れて、美しく安全な王国を去るのだ。そんな朝に、あなたはどんな朝食を食べるだろうか？

ネルドレス産のキノコ

トールキンが創造した世界では、大小さまざまな森が大きな役目を担っている。ベレリアンドのネルドレスにあるブナの森（第一紀の時代のエルフの広大な故郷）は、『ホビット』に出てくる闇の森の北部や、『指輪物語』に出てくるロスローリエンなど、魅惑的な森の原形と言えそうだ。

とはいえ、ネルドレスと言ってまっさきに頭に浮かんでくるのは、ルーシエンかもしれない。もっとも美しいエルフであるルーシエンは、トールキンとともに数々の森を散策した妻エディスの化身なのだ。エルフの乙女ルーシエンと人間ベレンのラブストーリーは、生涯にわたってトールキンの頭を離れなかった。その物語はネルドレスの月明かりに照らされたブナの森で踊っているルーシエンを、ベレンがひと目見た瞬間に始まる。

キノコ狩りをしたことがあればご存じだろうが、秋のブナの森はキノコ狩りにもってこいだ。これからご紹介するキノコたっぷりのシンプルな料理は、一皿で完璧な朝食になる。大丈夫、誰かと恋に落ちていようといまいと、それは変わらない。

材料／2人分
所要時間／30分
オリーブオイル……大さじ1
無塩バター……25g
ベルギーエシャロット……2個
（みじん切り）
キノコ（マッシュルーム、ブラウンマッシュルーム、ポットベラなど）……250g
（軸を取って、薄切り）
ニンニク……2片（みじん切り）
レモン汁……大さじ1
みじん切りのイタリアンパセリ……
大さじ2
卵（L玉）……2個
ポテトファール（市販品）……4枚
（トーストする）
塩、胡椒……適量
（飾り用）チャイブ……大さじ1
（みじん切り）

ファールはアイルランドに昔から伝わるジャガイモ入りのパンで、ぜひともニンニクを利かせたキノコの煮汁をたっぷり吸わせて食べてほしい。ファールが手に入らなければ、厚切りの全粒粉のパンをカリッとトーストして添えよう。

作り方

1. フライパンにオリーブオイルと無塩バターを入れ、中火で熱する。火を弱めて、ベルギーエシャロットとキノコをくわえ、ときどきかき混ぜなら、キツネ色になるまで6分ほど炒める。

2. ニンニクをくわえて、1分炒める。

3. レモン汁をくわえ、塩、胡椒で味を調える。

4. 火を消して、パセリをちらし、保温しておく。

5. 別のフライパンに水を半分ほど入れて沸騰させ、卵を割りいれて、3分茹でる。

6. 皿にポテトファールを2枚ずつ置き、4のキノコをかけ、5の卵をのせて、チャイブをちらし、冷めないうちに召し上がれ。

ティリオンの都のトマト

　トールキンがミドルアースからトマトを追放したのは有名な話だ。『ホビット』の初版（1927年刊行）の第1章「思いがけないお客たち」では、貧しく苦境に立たされたビルボ・バギンズに、ガンダルフは食料庫からコールド・チキンとトマトを取ってくるように命じる。だが、第3版（1966年刊行）では、トマトがピクルスに変わっている。なぜかといえば、その頃のトールキンが思い描いたミドルアースの世界では、トマトが時代錯誤だったからだ。そこからも、トールキンの描く旧世界が、現実の歴史より何千年も前の段階にあることがわかる。

　頭がこんがらかりそうなこの問題は棚に上げておくとして、もしかしたら初版のガンダルフは、至福の国アマン（ミドルアースのはるか西に横たわるアメリカのような大陸）で、オローリンとして生きていた頃のことを思い出していたのかもしれない。大海を隔てたその地では、オルヴァール（植物）もケルヴァール（動物）もミドルアースとは異なっていた。おそらくトマト（アステカ語でふくらむ実を意味するtomatl）はアマンの植物で、そこで暮らすエルフは日常的に食べていたのだろう。というわけで、おいしい詰め物をしたトマトの料理にティリオンの名を冠した。アマンの地のエルフの故郷エルダマールにある白く輝く都がティリオンだ。

材料／4人分
所要時間／30分
リコッタチーズ、またはクリームチーズ
……250g
青ネギ……2本（みじん切り）
みじん切りのハーブ（チャービル、チャイブ、パセリ、バジル、マジョラム、タラゴンなど）
……大さじ4
レモンの皮……1個分（すりおろす）
レモン汁……大さじ1
ビーフトマト（大玉）……4個
塩、胡椒……適量

　トマトに新鮮なハーブとやわらかいチーズを詰めたこの料理は、ブランチにもってこいだ。ヤヴァンナの全粒粉のパン（29ページ参照）をトーストして、バターを塗って一緒に食べれば申し分ない。詰め物をしたトマトをうっかりオーブンから出し忘れて、少し長めにオーブンに入れておいたとしても心配はいらない。気楽に作れる料理なのだ。

作り方

1. リコッタチーズに青ネギ、ハーブ、レモンの皮、レモン汁をくわえて混ぜ、塩と胡椒をふって置いておく。

2. トマトの上部を切り落とし、中身（種）をくりぬいて、1のリコッタチーズのフィリングを詰め、オーブンの天板に並べる。

3. 190℃に予熱したオーブンで、トマトがやわらかくなるまで20〜25分焼く。

ジャガイモのロスティ

　言うまでもないが、ホビットとジャガイモには切っても切れない縁がある。『指輪物語』には、サムが荒れ野でかの有名なウサギ肉のシチューを作るために、どうしてもジャガイモを入れたくて、必死に探したという逸話があるが、素朴で栄養豊富なジャガイモはホビット庄そのものを表しているようにも思える。トールキンの物語に登場するジャガイモといえば、サムやその父親であるハムファスト・ギャムジーが、ふくろの小路屋敷の菜園を耕して、種芋を植えようとしている姿が目に浮かんでくる。ホビットにとってジャガイモは、家庭や故郷や幸福の象徴なのだ。

　だからといって、神秘的なエルフが庶民的なジャガイモを口にしないわけではない。エルフの住み処は美しい街や魅惑的な森林地帯だけではないのだ。『シルマリルの物語』を読めば、エルフが目覚めたのはミドルアースの東の果てで、多くのエルフがヴァラールの招集に応じて、西へ向かう長い旅に出たのがわかる。さまざまな苦難が待ちうけている長い旅路で、エルフはおいしいジャガイモを掘って、焚き火で焼いて、嬉しそうに食べたことだろう。とはいえ、これからご紹介するジャガイモのロスティは、その頃のエルフにとっては夢の料理だったにちがいない。

エルフの料理帳

材料／4人分
所要時間／40分(冷ます時間は除く)
ジャガイモ……3個(正味625g)
(皮付きのまま、よく洗う)
タマネギ……½個(薄切り)
植物油……大さじ4
ベーコン(スライス)……8枚
塩、胡椒……適量
(つけあわせ用)クレソン……
大きめを1束
(お好みで)アボカド……1個
(皮をむき、種を取って、薄切り)

　スイス料理のロスティに必要な材料はふたつだけだ。ロスティとは、大きなハッシュドポテト、あるいはジャガイモのフリッターに似たシンプルで素朴な料理なのだ。香ばしくこんがりと焼いたロスティは、ベーコンと一緒に食べるとますますおいしくなる。さもなければ、ポーチドエッグやスモークサーモン、サワークリームを添えるのもいいだろう。

作り方

1. 大きな鍋に湯を沸かし、塩をひとつかみくわえて、ジャガイモを8〜10分茹でる。湯を切って冷ます。
2. ジャガイモを粗くすりおろしてボウルに入れ、タマネギ、大さじ2の植物油、塩、胡椒をくわえて混ぜる。
3. 残りの植物油をフッ素加工のフライパンにひき、2のジャガイモの生地を入れて、フライパンいっぱいに押し広げて平らにならし、7〜8分焼く。
4. 植物油を塗った皿やまな板の上にいったん取りだして、裏返してフライパンに戻し、カリッとしてキツネ色になるまで7〜8分焼く。
5. (ロスティを焼いているあいだに) ベーコンを炒めて、キッチンペーパーの上に取りだし、余分な油を吸わせる。
6. ロスティを放射状に切りわけて皿に盛り、クレソンとベーコンをのせる。お好みでアボカドものせて、温かいうちに食べる。

朝食

ベレンのビーガン・スクランブル

ベレンはエダイン（人間）の始祖であるベオル家の末裔で、名誉上のエルフと言えるだろう。エルフの王女ルーシエンと恋に落ちて結ばれたベレンは、エルロンドやアルウェンといった半エルフ（ペレジルと呼ばれる。エルフと人間のあいだに生まれた種族）の祖先となった。ベレンの物語はベレリアンドの悲しい歴史やシルマリル（25ページ参照）をめぐるエルフの苦悩と深い関わりがある。若き日のベレンは、読者が思い描くようなエルフらしい暮らし

をしていた（とはいえ、それは実際のエルフの暮らしとはかけ離れている）。ドルソニオンの荒れ野を自由にさまよい、鳥や動物に親しんで、肉食を控えていたのだ。その頃はチーズや卵も食べなかったようで（ただし、蜂蜜は例外）、トールキンの世界のビーガンと言ってもいいだろう。

というわけで、肉を使わないこの朝食を、第一紀のエダインの偉大なる英雄に捧げよう。

材料／4人分

所要時間／15分

菜種油、またはオリーブオイル
……大さじ2

チェスナッツマッシュルーム（ブラウン
マッシュルーム）……200g

（軸を取って、4等分）

木綿豆腐……250g

（水切りをして、崩す）

プラムトマト（細長いミニトマト）……
125g（半分に切る）

マッシュルームケチャップ……
大さじ1

みじん切りのイタリアンパセリ……
大さじ3

塩、胡椒……適量

スクランブルエッグをヘルシーで腹持ちのいいビーガン料理にアレンジするなら、タンパク質豊富な豆腐とマッシュルームを使ったこの料理を作ってほしい。マッシュルームケチャップを使って、奥深い旨みを感じる一皿に仕上げた。ハッシュドポテトや焼きたてのトーストを添えれば完璧だ。

作り方

1. フライパンに油を入れて熱し、マッシュルームを入れて、かき混ぜながら強火で2分ほど炒める。

2. マッシュルームに火が通ってこんがりしたら、豆腐をくわえて、ゆっくり混ぜながら1分炒める。

3. トマトをくわえて、2分ほど炒めて火を通す。

4. マッシュルームケチャップ、パセリの半量をくわえて炒め、塩と胡椒で味を調える。

5. 皿に盛り、残りのパセリをちらす。

ビルボのさけ谷の朝ごはん

ご存じのとおり、ホビットは自分たちの食べ物が好きで、もちろん、朝ごはんをきちんと食べる。どうやらビルボ・バギンズもその仲間も、われわれは"王さまのような朝食"を食べなければならないという昔ながらの風習を大切にしているようだ。それを思うと、『指輪物語』の冒頭に描かれるビルボの暮らしが気になる。さけ谷（霧の山脈のふもとにあるエルフの隠れ里）で隠居生活を送ることになったビルボは、きちんと暮らしていたのだろうか？ そこでの約20年間を、ビルボはエルフの伝説や歴史を調べて、記録することに費やした（それと同時に、自分の冒険談も書き記した）。だとしたら、さけ谷の由緒ある書庫で過ごす一日に備えて、朝食をしっかりとらなければならなかったはずだ。

とはいえ、心配はいらない。さけ谷の領主エルロンドは年老いたホビットを気遣って、エルフの料理人に命じてビルボのためにおいしい朝ごはんを作らせたにちがいない。たとえば、秘境の谷に棲む野生のヤギの乳で作ったなめらかで極上のチーズを使った料理を。

材料／4人分
所要時間／30分
オリーブオイル……大さじ4
赤いミニトマトと黄色いミニトマト
……500g（半分に切る）
バジル……適量（みじん切り）
卵……12個
粒マスタード……大さじ2
バター……50g
ヤギのソフトチーズ……100g
　（角切り）
塩、胡椒……適量
（仕上げ用）クレソン、バジル……適量

ゆったりと過ごす日曜日の朝に、ぜひともこの料理を作ってほしい。とろりととろけるヤギのチーズを詰めこんで、マスタードで味を引き締めたオムレツだ。炒めたトマトにバジルをちらせば、色鮮やかな一品が完成する。

作り方

1. フライパンにオリーブオイルを入れて熱し、トマトをくわえて、中火で2〜3分炒めて火を通す（フライパンが小さければ、トマトを半量ずつ炒める）。
2. バジルをくわえ、塩と胡椒で味を調えたら、ボウルに移して保温しておく。
3. 大きなボウルに卵を割りいれ、マスタードをくわえて溶きほぐし、塩と胡椒をふる。
4. オムレツ用のフライパン、または小ぶりのフライパンに、¼量のバターを入れ、中火にかけて溶かす。バターの泡立ちがおさまったら、3の卵液の¼量を流しいれ、均等に火が通るようにフォークなどでかき混ぜる。
5. 表面はまだゆるいが底と縁が固まりはじめたら、チーズの¼量をちらして、30秒ほど焼く。
6. そっと滑らせて皿に移し、お好みで半分に折って保温しておく。
7. 上記の工程を繰り返して、さらに3つのオムレツを作る。
8. 2のトマトを添えて、クレソンとバジルを飾る。

シリオン川の塩漬けサーモン

ナイル川、ガンジス川、ユーフラテス川、ミシシッピ川——大河は文明の発祥の地として、さらには、異なる場所と人を結ぶ交通手段として、人類の歴史で重要な役割を担ってきた。だとすれば、ミドルアースにもそんな大河があっても不思議はない。『ホビット』と『指輪物語』でその役割を果たすのは、荒れ野を流れる大河アンドゥインだ。『シルマリルの物語』に出てくるエルフの地ベレリアンドでは、南北に流れ、多様な景観に統一感をもたらすシリオン川がそれにあたる。

シリオン川はトールキンが描くベレリアンドの地の物語に幾度となく登場する。そして、その地に特に関わりが深い者といえば、ガラドリエルの兄で、金髪のエルフ王でもあるフィンロドだろう。フィンロドはシリオン川の上流にある島トル・シリオンに見張りの塔ミナス・ティリスを建てて、仲間とともにその川沿いを何度も旅した。これからご紹介するレシピは家庭で簡単にできるサーモンの塩漬けだが、フィンロドとその仲間は自然豊かな川でとった新鮮な魚を、焚き火で燻したことだろう。

材料／前菜として10人分
所要時間／20分
（寝かせる時間は除く）
生サーモン（生食用・フィレ）……
600g
粗塩……175g
きび砂糖……175g
黒胡椒（ホール）……小さじ1
コリアンダーシード……小さじ2
オレンジの皮……3個分（すりおろす）

サーモンの塩漬けは意外にも簡単で、おいしさは折紙つきだ。スクランブルエッグと合わせれば、とびきり贅沢な朝食になる。基本のレシピでは同量の砂糖と塩を使い、そこに香りをプラスする。ここでは、香りづけにコリアンダーシードとオレンジを使うことにした。

作り方

1. サーモンを冷水で軽く洗い、キッチンペーパーで水気を拭う。
2. 塩、砂糖、黒胡椒、コリアンダーシード、オレンジの皮をフードプロセッサーにかける。
3. サーモンが入る大きさの浅い皿、またはプラスチック製の容器に、2のスパイスの⅓量をざっと敷き詰める。
4. サーモンを皮目を下にして置き、残りのスパイスをふりかけて、まんべんなくすりこみ、ラップをかけて、冷蔵庫で8〜12時間寝かせる。
5. サーモンの表面を冷水で軽く流し、キッチンペーパーで水気を拭う（時間があれば、皿にのせて、ラップをかけずに冷蔵庫に入れ、数時間乾かすとなお良い）。
6. 幅の広いほうから薄くスライスして、皿に盛りつける。

船造りキールダンの黄金のケジャリー

材料／4人分
所要時間／40分
牛乳……200ml
水……150ml
ローリエ……1枚
スモークハドック（燻製のタラ・無着色）
……400g
熱湯……大さじ3
サフラン……ひとつまみ
植物油……大さじ1
バター……25g
タマネギ……1個（みじん切り）
ニンニク……1片（みじん切り）
皮を剥いて、すりおろしたショウガ
……小さじ1
カレー粉（甘口）……小さじ1
バスマティ米……250g
魚、または野菜のスープストック
……400ml
ウズラの卵……6個
クレームフレーシュ……大さじ5
塩、胡椒……適量
（飾り用）イタリアンパセリ……適量
（みじん切り）

　魚と卵と米をマイルドなカレー風味に仕上げたケジャリー。まろやかな味わいのこのケジャリーを、朝食だけに限定するのはもったいない。冬の日のブランチや夕食にもなるすばらしい一皿だ。

作り方

1. 蓋つきの浅い鍋に牛乳、水、ローリエを入れ、スモークハドックを皮目を下にして入れる。火にかけて沸騰したら、弱火にして、蓋をして5分ほど煮る。

2. スモークハドックを取りだし、煮汁はそのまま冷ます。

3. ジャグにサフランを入れて、熱湯を注ぎ、置いておく。

4. 大きめの鍋に植物油とバターを入れて熱し、タマネギをくわえて、しんなりするまで5分ほど炒める。

5. ニンニクとショウガをくわえて、1分炒める。

6. カレー粉をくわえて混ぜ、米をくわえてよく混ぜる。

7. 2で冷ましておいた煮汁、スープストック、3のサフラン液をくわえて、沸騰させ、火を弱めて15分煮る。

8. 小鍋に水を入れて、火にかけて沸騰させ、ウズラの卵を静かに入れて、3分茹でる。流水で冷やし、殻を剥いて半分に切る。

9. 2で取りだしたスモークハドックの皮を剥き、身をほぐして、ウズラの卵とともに7の米にくわえる。

10. 鍋を火からおろし、蓋をして5分蒸らす。

11. クレームフレーシュをくわえ、塩と胡椒をふって、さっくり混ぜる。

12. 皿に盛り、パセリをちらす。

シンダール（灰色エルフ）のキールダンは、トールキンの伝説空間にもっとも長きにわたって登場するが、つかみどころのない登場人物のひとりだ。それでいて、ミドルアースの歴史の4つの時代すべてで、重要な役割を担っている。『指輪物語』の終盤にも登場し、指輪を携えて西方へ航海の旅に出ようとするフロド、ビルボ、ガラドリエル、ガンダルフを自身の領地の灰色港（ミスロンド）で出迎える。

　全編をとおして、キールダンは海と船造りに深く関わり、その名前もシンダリン（シンダール語）で"船造り"を意味している。また、キールダンの民は"海岸の者たち"という意味のファラスリム（ファラスのエルフ）と呼ばれている。神話の世界では船大工は希望の象徴で、そのほとんどが先見の明を持っている。聖書に出てくるノアとその方舟がいい例だ。そして、謎多きキールダンもやはり同じような役目を担っている。

　朝食のレシピであるこの黄金のケジャリーは、船造りキールダンの海への愛を表現している。また、エルフの三つの指輪のうちのひとつの管理者であることも象徴している。その指輪はのちにガンダルフに渡る火の指輪ナルヤ（79ページ参照）で、サフランの華やかな黄金色はナルヤに使われている炎の色だ。

森間村のリンゴのケーキ

『指輪物語』で特に印象的なのは、ホビット庄の東のはずれの手つかずの森林地帯にある末つ森で、ギルドール・イングロリオン率いるさまよい歩く"上のエルフ"の一団に、ホビットたちが出会う場面だ。その短いシーンが印象的なのは、ひとつには、"美しい者たち"と呼ばれるエルフを初めて見たサムの目を通して描かれているからかもしれない。幸せな出会いと、森間村でホビットたちが味わった即席の絶品料理は、サムの記憶に永遠に刻まれることになった。

サムはエルフの歌に惚れこむが、それと同じぐらい、そこで出された果物の甘さが忘れられなくなる。その日以降、あの夜に食べたようなリンゴを育てたいと願うようになるのだ。リンゴ（シンダール語で"cordof"）はエルフと深い縁があるようで、エルフの伝承や歌にも、果樹園と植物の守護神で遠い昔に姿を消したエント女（144ページ参照）とリンゴの関係が描かれている。

材料／10人分
所要時間／1時間半
（冷ます時間は除く）
ドライアップル……100g（粗みじん）
水……100ml
無塩バター……175g（常温）
塩……ひとつまみ
レモンの皮……2個分（すりおろす）
レモン汁……大さじ3
グラニュー糖……175g
卵……3個
セルフライジングフラワー……
250g（＊中力粉250gとベーキングパウダー
小さじ2と½で、代用可）
ポピーシード……50g

アイシング
粉糖……75g（ふるう）
レモン汁……大さじ1

驚くほど簡単なのに、驚くほどジューシーなこのリンゴのケーキを、ぜひとも朝食や午後のお茶の時間に味わってほしい。レモンの皮と果汁の代わりに、オレンジの皮と果汁を使ってもかまわない。あるいは、レモンの皮と果汁の半量をライムに置き換えてもいいだろう。

作り方

1. 鍋にドライアップルと水を入れ、5分ほど熱する。ドライアップルがふやけたら、火を消して冷ます。
2. ボウルに残りの材料を入れて、白っぽくなるまでホイッパーですり混ぜ、
3. 1のリンゴをくわえてさっくり混ぜる。
   油脂を塗ってオーブンシートを敷いたパウンド型（容量1kg、または1.3ℓ）に生地を入れ、表面を平らにならす。
4. 160℃に予熱したオーブンで1〜1時間15分焼く（表面が焼き固まって、真ん中に竹串を刺して生の生地がついてこなければ、焼きあがり）。
5. ケーキクーラーに移し、オーブンシートを剝がして冷ます。
6. ボウルに粉糖とレモン汁を入れ、よく混ぜて、とろりとしたアイシングを作る（必要に応じて、少量の水またはレモン汁を足す）。
7. ケーキにアイシングをかける。

アマンのコーンブレッドマフィン

ミドルアースの主要な穀物は小麦粉のようだ。ホビットが暮らすホビット庄にも、ドゥーネダインの南方王国ゴンドールにも（たぶん人間が暮らす場所にも）、広大な小麦畑が広がっている。パンやビスケットやケーキといった小麦粉で作る食べ物もたくさん登場する。やや小規模ではあるが、ミドルアースのエルフも小麦を育てている。

大海を越えたアマンの地にも小麦畑がある。物語にはトウモロコシ（イギリスではメイズと呼ばれ、アメリカではコーンと呼ばれている新世界の穀物）は出てこ

ないが、不死の国アマンにはたくさんのトウモロコシがなっていたにちがいない。コロンブスがアメリカ大陸を発見するより前に、メイズ栽培はメキシコ南部からアメリカ大陸ほぼ全土へと広がった。トールキンの世界でも、第一紀以前からアマンに住みついていたヴァンヤール族（金髪で気高いエルフ）は、メイズを育てていたはずだ。そのエルフの金色の髪は黄金色のトウモロコシ畑や、明るい太陽と同じ色をしたトウモロコシを彷彿とさせる。

材料／12人分
所要時間／40分
バター……75g
トウモロコシ(大)……1本
(実を削ぎ落とす)
タマネギ(小)……1個(さいの目切り)
赤唐辛子……½本
(種を取って、大きめに刻む)
中力粉……140g
コーンミール……140g
ベーキングパウダー……小さじ2
チェダーチーズ……50g(すりおろす)
塩……ひとつまみ
卵……2個
バターミルク……300ml
牛乳……100ml

週末の朝食は簡単に作れるコーンブレッドマフィンに、香ばしく焼いたベーコンやスクランブルエッグやポーチドエッグを添えよう。焼きたてを食べるのがいちばんだが、冷凍保存もできるので、お弁当やピクニックにも重宝する。

作り方

1. 小鍋にバター25gを入れ、中火にかけて溶かし、トウモロコシ、タマネギ、唐辛子をくわえて2～3分炒める。

2. 中力粉、コーンミール、ベーキングパウダーを合わせてふるい、チェダーチーズと塩をくわえて混ぜる。

3. 小鍋に残りのバターを入れて溶かす。

4. ボウルに卵、3の溶かしバター、バターミルク、牛乳を入れ、ホイッパーでよく混ぜる。2の粉類にくわえて混ぜ、1の炒めたトウモロコシもくわえて、さっくり混ぜる。

5. 12等分して、油脂を塗ったマフィン型に入れる。

6. 190℃に予熱したオーブンで18～20分焼く。こんがりと焼き色がついて、中まで火が通ったら、焼きあがり。

シルマリルの朝ごはんのフィナンシェ

『シルマリルの物語』は第一紀の時代が舞台だ。タイトルでもあるシルマリルとは、誇り高きノルドールのエルフであるフェアノール族が作った三つの宝玉で、アマンのヴァリノールにあった"二つの木"の光を封じこめてある。誰もが目を奪われるほど美しいシルマリルは、物語の重要なモチーフだ。その宝玉をめぐって、エルフ、人間、ドワーフ、冥王モルゴスが壮絶な奪いあいを繰り広げ、宝玉戦争が起こり、ベレリアンドは壊滅する。奇跡でもあり、呪われているようにも思える

その宝玉は、ギリシア神話でテーベに災いをもたらした"ハルモニアの首飾り"や、北欧の神話や民話に出てくる首飾りブリーシンガメンと重なる部分が多い。

それでは、宝石のような果物をちりばめたフィナンシェで、優美な朝食を楽しむとしよう。伝説のシルマリルの美しさにはかなわないとしても、朝食のテーブルに残った最後のフィナンシェを誰が食べるのか、奪いあいになるのはまちがいない。

⇒ 作り方は次のページ

朝食

フルーツをちりばめたこのフィナンシェは、卵白と少なめの小麦粉のおかげで食感はふわりと軽い。それでいて、アーモンドパウダーのおかげでしっとりとして、程よい歯応えがある。コーヒーと一緒に贅沢な朝食を味わってほしい。

材料／12人分
所要時間／40分
(冷ます時間は除く)
無塩バター……175g
ドライストロベリー、またはサワーチェリーやクランベリー……75g(粗く刻む)
オレンジの搾り汁……大さじ2
卵白……6個分
グラニュー糖……225g
薄力粉……75g
アーモンドパウダー……125g

作り方

1. バターを溶かして、冷ましておく。
2. 鍋にドライストロベリーとオレンジの搾り汁を入れて、火にかけて温める。ボウルに移して冷ます。
3. 大きめのボウルに卵白を入れ、ふんわりして嵩(かさ)が少し増えるまでハンドミキサーで混ぜる(ツノが立つほど泡立てない)。グラニュー糖、薄力粉、アーモンドパウダーをくわえて混ぜ、溶かしバターをくわえ、全体が均一になるまで混ぜる。
4. 油脂を塗った12個のマフィン型に流しいれ、2のドライストロベリーをちらす。
5. 200℃に予熱したオーブンで、こんがりするまで20分ほど焼く(触ってみて、弾力があれば焼きあがり)。
6. 型に入れたまま5分ほど置いておく。型をはずして、ケーキクーラーに並べ、冷めたらグラニュー糖(分量外)をふる。

テイグリンのローストした ハシバミのミューズリー

トールキンはミドルアースという創造の地に、実に豊かで複雑な植物相を創りあげた。そこには実在する種（あるいは、それに近い種）もあれば、架空の種もある。カシやブナなどの木はもちろん、ロスローリエンに茂る立派なマッロルンのような架空の木も登場するのだ。実在するものであれ、架空のものであれ、トールキンは愛情をこめて木々を詳しく描いている。それゆえに、読者はホビットと連れだってホビット庄を歩きまわり、『シルマリルの物語』の登場人物とともにベレリアンドをさまよいながら、ミドルアースの風景やそこに住む生き物を深く理解できるのだ。

ミドルアースにもあって、現実世界でもよく知られている植物のひとつがハシバミ（その実がヘーゼルナッツ）だ。ベレリアンドでは、シリオン川（19ページ参照）の支流であるテイグリン川の岸辺の木立の中に生えているという。その実はローストするといちだんと甘みが増し、エルフも人間も食べていたにちがいない。

材料／4人分
所要時間／25分
(冷ます時間は除く)
ココナッツロング……100g
アーモンドスライス……100g
ヘーゼルナッツ（ブランチ）……100g
ヒマワリの種……100g
そばの実（フレーク）……250g
きび（フレーク）……250g
ドライマンゴー（スライス）……100g
サルタナレーズン……100g

体に悪いものは何も入っていないヘルシーな自家製ミューズリーほど、一日の始まりにふさわしい食べ物はない。くわえるドライフルーツは自由にアレンジしてかまわない。ドライクランベリー、ドライアプリコット、ひと口大にカットしたデーツ、クコの実やドライカラントもお勧めだ。

作り方

1. 天板にココナッツロングを広げる。
2. 別の天板にアーモンドスライス、ヘーゼルナッツ、ヒマワリの種を広げる。
3. 150℃に予熱したオーブンで、20分焼く。その間、均一に火が通るように、5分おきに取りだして混ぜる。特にヒマワリの種は焦げやすいので注意する。
4. オーブンから取りだし、天板にのせたまま冷まし、ヘーゼルナッツを取りだして粗く刻む。
5. ローストした材料を大きなボウルに移し、残りの材料をすべてくわえて、しっかり混ぜる。密閉容器に入れて、1〜2週間保存できる。

ヤヴァンナの全粒粉のパン

『シルマリルの物語』を読めば、ヴァラールの王国ヴァリノール（アマンの地の一部）にあるヤヴァンナの畑で、すくすくと育った小麦が黄金色に輝いているのがわかる。ヴァラールは創造されたアルダ（地球）の形成に大いに貢献した偉大なる種族だ。トールキンが描いたヴァリノールは、北欧神話の豊穣の神ヴァナが住むヴァナヘイムや、中世の伝説の理想郷コケインなど、世界各地の神話に登場する豊かな土地によく似ている。また、15世紀後半にヨーロッパ人が初めてアメリカ大陸に渡ったときに、またたくまに広まった噂とも共通点がある。そこには特大の果物や野菜が実り、おびただしい数の狩猟動物がいるという噂だ。

　母性的なヤヴァンナはギリシア神話のデーメーテールや、ローマ神話のケレース、北欧神話のシヴなど、豊穣の女神と重なる部分が多い。だが、トールキンの世界での"母なる大地"としてのヤヴァンナの力は、ありとあらゆる動植物に及んでいる。ここでは、スペルト小麦と呼ばれる"太古の穀物"を使って健康的なパンを作ってみよう。至福の陽光に満ちたヴァリノールの風景を眺めながら朝食を食べている自分の姿を思い描いて、自分自身を慈しむのだ。

材料／1本分
所要時間／1時間
中力粉……200g
全粒スペルト小麦……200g
ライ麦粉……100g
ベーキングパウダー……小さじ2
塩……小さじ1
ヒマワリの種……75g
プレーンヨーグルト……500g
(艶出し用)牛乳……適量
(仕上げ用)ヒマワリの種……大さじ2

　この世に、焼きたてのパンの香りより幸せなものがあるだろうか？　ヒマワリの種を混ぜこんだこのパンは、発酵させる時間も、捏ねる手間もいらないから、週末の朝食に気軽に作れる。焼きたての温かいパンにバターを塗って、キイチゴとイチジクのジャム（32ページ参照）をぽとりと垂らして、さあ、食べよう。

作り方

1. ボウルに小麦粉、ベーキングパウダー、塩、ヒマワリの種を入れて、混ぜる。ヨーグルトをくわえて、なめらかになるまで捏ねる。

2. 打ち粉（分量外）をふった台の上で、細長く成形して、油脂を塗った食パン型（容量1.5ℓ）に入れる。

3. 艶出し用の牛乳を塗り、仕上げ用のヒマワリの種をちらす。

4. 220℃に予熱したオーブンで20分焼き、温度を160℃に下げて、さらに30分焼く。パンの底を叩いて、乾いた音がしたら焼きあがり。焼けていなければ、オーブンに戻して、さらに数分焼く。

5. 型から取りだし、ケーキクーラーにのせて冷ます。

ゴンドリンの薔薇の花びらのジャム

チベット仏教のシャンバラや、コンキスタドール（16世紀に中央アメリカを征服したスペイン人）が探し求めた伝説の黄金郷エルドラドなど、山奥にひっそり佇む王国は神話や伝説の定番だ。トールキンの世界にも隠れた王国が登場する。第一紀の初期にノルドールの王トゥルゴンがつくったゴンドリンという王国だ。ベレリアンド北方の環状山脈にある秘境で、そこに通じているのは厳重に守られた秘密の道だけだ。

トールキンが残した膨大なメモには、ゴンドリンにあるいくつもの門や通り、広場や建物が詳しく記されている。大理石でできた家々や花園。とりわけ有名なのは芳しい薔薇の花だ。王宮に近い薔薇の小道は、一度は訪れたい優美な場所らしい。その都は第一紀510年にモルゴスの軍勢に攻められて陥落した。悲惨なその出来事は『シルマリルの物語』で偉大な物語のひとつとして、また、『ゴンドリンの没落』でも語られている。それでは、ノルドールの失われた秘密の王国の美しさを、香り高い薔薇の花びらのジャムで表現してみよう。

材料／3瓶分
所要時間／50分
水……350ml
無農薬の薔薇の花びら……70g
(洗う)
グラニュー糖……400g
レモン汁……大さじ3
ペクチン……小さじ1

優美でほのかに芳しくやさしい味わいのジャムは、焼きたてのクランペットと相性がいい。あるいは、濃厚なヨーグルトにかけても、オートミールのおかゆに垂らしてもおいしい。作る際にはかならず、農薬を使っていない薔薇の花びらを用意してほしい。煮ていると花びらの色が褪せるかもしれないが、心配はいらない。レモン汁を入れると、色は元どおりになる。

作り方

1. 鍋に水と薔薇の花びらを入れ、弱火で10分煮る。

2. 砂糖の⅓量をくわえ、グラニュー糖が溶けたらレモン汁をくわえて、10分煮る。

3. 小ぶりのボウルに残りのグラニュー糖とペクチンを入れて混ぜ、2の鍋に少しずつくわえていく。ペクチンがダマにならないように、その都度混ぜて、さらに20分煮る。

4. ジャムがいくらかゆるいぐらいで火を止める。冷えると固まるので、さらりとしたジャムに仕上がるように調節する。

5. 煮沸消毒して乾かした瓶がまだ温かいうちに、ジャムを詰め、蓋をして冷ます。冷蔵庫で2カ月ほど保存がきく。冷凍すれば半年間保存できる。

イシリエンのキイチゴのジャム

田舎を散策すれば、キイチゴ（ブラックベリー）がわくわくする植物であると同時に、厄介者でもあるのがわかるだろう。野山を歩きまわる者にとって、その実は甘くてジューシーなおやつになるが、棘だらけの藪は行く手を阻む危険な障害物でもあるのだ。トールキンが描いたモルドールは冥王サウロンの王国で、荒れ果てたその地には、剣のような棘を持つ恐ろしいキイチゴが茂っている。その藪が、第一次世界大戦中にトールキンをはじめ無数の兵士が目にした蛇腹状の有刺鉄線を彷彿とさせるのは、単なる偶然ではないだろう。

モルドールのキイチゴのややおとなしい親戚のようなキイチゴが、イシリエンに生えている。美しい国だったイシリエンは、ゴンドールの東にあり、冥王サウロンと魔王の悪行によって荒廃したのだった。指輪戦争が終わると、シンダールのエルフであるレゴラスが、民の一部をイシリエンに住まわせて、かつての栄光を取り戻すべく森を整備させた。生い茂るキイチゴの藪は荒れ野の代名詞だが、エルフは藪を根こそぎにせず、きちんと手入れしたにちがいない。そうして、賢くもその実を使って、おいしいジャムを作ったのだろう。

材料／4瓶分
所要時間／50分
ブラックベリー……500g
イチジク……500g（4等分する）
水……300ml
シナモンスティック……2本
（半分に折る）
グラニュー糖……1kg
レモン汁……適量
（お好みで）バター……15g

ジャム作りの最大のポイントは、とろみ加減を見極めることだ。いちばん簡単なのは、冷蔵庫や冷凍庫に入れて冷やしておいた小皿に、小さじ1杯のジャムを落としてみることだ。すると、熱々のジャムが一瞬にして冷めるので、指でそっとついてみる。表面に皺がよれば完成だ。そうならなければ、ジャムを鍋に戻して、数分煮詰めて、もう一度テストしよう。

作り方

1. 大きな鍋にブラックベリーとイチジクを入れ、水を注いで、シナモンスティックをくわえる。軽く煮立たせたら、火を弱めて、蓋をせずに果物がやわらかくなるまで10分ほど煮る。

2. グラニュー糖とレモン汁をくわえて、弱火で熱し、ときどきかき混ぜながらグラニュー糖を溶かす。

3. 沸騰したら火を強め、25分ほど煮て、程よいとろみをつける（上記を参照）。

4. アクをすくうか、お好みでバターを入れる（バターを入れると、表面に浮いたアクの泡が消える）。

5. 煮沸消毒して乾かした瓶がまだ温かいうちに、瓶の口ぎりぎりまでジャムを入れる（シナモンスティックは取り除く）。

6. ネジ式の蓋をするか、ワックスペーパーとセロファンと輪ゴムで封をして冷ます。

朝食

アルウェンのビルベリーのジャム

霧の山脈のふもとの丘にはビルベリーの木が生えているようだ。『指輪物語』を読めばそれがわかる——アラゴルンと4人のホビットは東街道を通ってさけ谷へと向かう最後の難所で、黒の乗手から逃れようと、生い茂ったヘザーやビルベリーの茂みに身を隠したのだ。だとしたら、さけ谷のエルフたちはビルベリー狩りを楽しんでいたにちがいない。とってきた実をジャムやコンポートにして、ときにはローストした肉に添えること

もあっただろう。

ほっぺたが落ちそうなビルベリーのジャムは、アラゴルンの大好物だ。だから、アラゴルンの婚約者で半エルフの血を引くアルウェン（ウンドーミエル）は、ビルベリーのジャムを作って、自身の父の王国をめずらしく訪ねてきたアラゴルンに食べさせたのだった。苦難を乗り越えてきた英雄も、何気ない日々のささやかな食事に幸せを感じたことだろう。

材料／4〜5瓶分
所要時間／30分
冷凍ブルーベリー……960g
生のラズベリー……340g
ジャム用の砂糖（ペクチン入り）……1kg
（お好みで）バター……15g

このジャムを手軽に作るなら、冷凍のブルーベリーを使おう。焼きたてのスコーンやトーストとの相性はばっちりだ。保存瓶に詰めた温かいジャムに、小さじ1杯のウイスキーかジンをくわえて、よく混ぜれば、大人味のジャムになる。

作り方

1. 大きめの鍋にブルーベリーとラズベリーを入れ、蓋をして、ときどきかき混ぜながら弱火で煮る。10分ほど煮て、果汁が染みだし、ベリーがやわらかくなったら火を止める。

2. 砂糖をくわえて、ときどきかき混ぜながら、弱火で煮て、砂糖を溶かす。

3. 沸騰させ、ふつふつと沸いた状態を保ちながら、とろみがつくまで（32ページ参照）5〜10分煮る。

4. アクをすくうか、お好みでバターを入れる（バターを入れると、表面に浮いたアクが消える）。

5. 煮沸消毒して乾かした瓶がまだ温かいうちに、瓶の口ぎりぎりまでジャムを入れる。

6. ネジ式の蓋をするか、ワックスペーパーとセロファンと輪ゴムで封をして冷ます。

エゼッロンドのアーモンドバター

港町エゼッロンドはミドルアースのシンダール（灰色エルフ）の最南端の住み処だった。そこは、第一紀に戦争で破壊されたベレリアンドから逃れてきたシンダールがつくった町で、トールキンが描いた最大の悲恋のひとつ、ロスローリエンの王アムロスとエルフのメイドであるニムロデルの恋物語が、悲しい結末を迎える場所でもある。その物語が『指輪物語』で語られる頃には、エゼッロンドの港町はとうの昔に廃れていたが、その周辺を支配する人間、つまりドル・アムロスの領主である大公の息子たちは、ヌーメノールの王とニムロデルの仲間ミスレルラスの子孫で、エルフの血が流れていると言われている。

エゼッロンドは第三紀にその一部となったゴンドール王国同様、陽光が降り注ぐ温暖な地中海性気候で、ピンクがかった白い花を咲かせるアーモンドの木の栽培に適していた。エゼッロンドのエルフがおいしいアーモンドバターのようなものを作って、のちにその作り方をゴンドール人に伝え、ドル・アムロスの大公の息子たちの子孫がそれを受け継いだとしても、不思議はない。

材料／300g分
所要時間／20分
皮つきのアーモンド……300g
ハチミツ、またはメープルシロップ
……適量
（お好みで）バニラエクストラクト……
数滴
（お好みで）シナモンパウダー……
適量

自家製のナッツバターはヘルシーで経済的だ。簡単に作れて、市販のものよりはるかにおいしい。蜂蜜やメープルシロップ、お好みで少量のバニラエクストラクトとひとつまみのシナモンをくわえると、極上のナッツバターができる。

作り方

1. 天板にアーモンドを広げ、190℃に予熱したオーブンで、焦がさないように5分空焼きする。アーモンドを裏返して（混ぜてもいい）、さらに5分焼いて冷ます。

2. フードプロセッサーに入れて、10分ほど撹拌する。その間、必要に応じて、ときどきゴムベラなどで上下を返す。

3. 好みの粘度になったら、ハチミツかメープルシロップ、お好みでバニラエクストラクトとシナモンをくわえ、30秒ほど撹拌する。

4. 密封容器に入れて、冷蔵庫で保存し、3週間以内に食べ切る。

魔法使いラダガストの
手作りオーツミルク

　闇の森のエルフは菜食主義ではないが、この
オーツミルクには大喜びするはずだ。闇の森のエ
ルフはロスローリエンに住む仲間を訪ねるために
南へ向かい、その途中で茶色のラダガストと呼ば
れる魔法使いの住み処リョスゴベルで、オーツミ
ルクをごちそうになった。ヴァリノールではラダ
ガストはヤヴァンナに仕えるマイアール族だった
が、ミドルアースでは主に動物と植物の世話をし
ていた。ラダガストが何を食べていたのかはわか
らないが、おそらくガンダルフと同じように、肉
は口にしなかったのだろう。そう考えれば、ラダ
ガストがオーツミルクを作っていても不思議はな
い。もちろん、オーツ（オートミール）は北の隣人
ビヨン一党を介して手に入れたにちがいない。

材料／約750ml分
所要時間／20分
（浸水時間と濾す時間は除く）
オートミール（ロールドオーツ）……
100g
冷水……750ml
塩……ひとつまみ

　オーツミルクは好みの材料を使って、いとも簡単に作れる。少量のバニ
ラエクストラクトやデーツをくわえてもいいし、甘味がほしければメープ
ルシロップや蜂蜜をほんの少しくわえるのもいいだろう。自分好みの味に
アレンジしよう。

作り方

1. ボウルにオートミールを入れ、水（分量外）をくわえて蓋をし、冷暗所に
   4時間～一晩置いておく。
2. 濾して、水を捨てる。
3. フードプロセッサーにオートミール、冷水、塩を入れ、オートミールの
   粒がなくなってなめらかになるまで攪拌する。
4. 清潔なサラシなどを敷いた漉し器を、ボウル、またはジャグにセットし、
   オーツミルクを注いで、液体があらかた落ちるのを待つ（約1時間）。サ
   ラシごときつく搾って、最後の一滴までオーツミルクを搾りだす。
5. 瓶に詰めて、冷蔵庫で保存し、2～3日で飲み切る。

エルフの料理

　エルフの料理は1種類ではなく、さまざまな種類があったはずだ。トールキンが描いたエルフの"目覚め"から、『指輪物語』の"現在"まで、エルフは長い年月をかけて発祥の地であるミドルアースの東のはずれから、西へ、そして海沿いへと広がり、そこから海を越えてアマンへ渡っていった。エルフ族（9ページ参照）が複雑に枝分かれしていったように、調理方法や食の好みも種々雑多に変化していったにちがいない。たとえば、海辺に暮らし、船を操るテレリ族の食事は魚が中心で、森に住むシンダール族は主に野生動物の肉やベリーを食し、ベレリアンドのゴンドリンの町で暮らすノルドールは、畑や果樹園で育てた植物を食べていたのだろう。

　人類の歴史と同じように、エルフが用いた調理方法も原始的なものから、程度の差はあれ高度な方法へと進歩していったはずだ。クイヴィエーネン（エルフが目覚めた場所）の原始的なエルフは一様に、海や森で採集したり仕留めたりした食材を、焚き火で炙って食べたのだろう。時代が進んで第一紀になると、いくらか進歩した方法で調理していたと思われる。かまどを用いて、いくつもの調理道具を使いこなし、ヴァラールやマイアール族やエント女から農業を教わって、自ら育てた野菜も食べていた。とはいえ、どこでも同じように調理方法が進歩したとは考えにくい。ロスローリエンやさけ谷のエル

フ（トールキンの本に登場する"現在の"エルフ）は、昔ながらの狩猟採集や調理法を完全にやめたわけではなく、たまには焚き火で料理をする。『ホビット』に描かれている森での食事と、エルロンドの広間で供される料理はずいぶんちがうのだ。

　進歩したエルフの料理はバラエティに富んでいて、多種多様だが、それでもエルフの料理の特徴を言葉で言い表すことはできそうだ。長きにわたって異なる場所でエルフは料理を作ってきたが、人間、ドワーフ、ホビットの料理とはちがう独自の特徴がある。それは、みなさんもご存じのとおり、その土地ならではの新鮮で旬な食材を使うことだ。ひとことで言うなら、エルフは自然に寄り添った食事を好む。ヘルシーでライトな食事は、体のリズムに逆らうことなく調和して、エネルギーを消耗させるのではなく与えてくれる。だが、それだけではない。ごく普通のものを極上なものに変え、"言葉では言い表せない類いまれな何か"があるのだ。それがよくわかるのは、『指輪物語』の序盤のフロドとピピンとサムが末つ森でエルフの野外料理を食べる場面だ。ホビットの記憶によれば、どの食べ物も夢のような味でありながら、それまでに口にしたどんなものより、感動的で鮮烈な味わいなのだ。

軽食

LIGHT MEALS

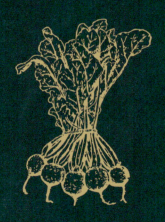

『ホビット』と『指輪物語』には、エルフが炙った肉を食べて、濃厚な赤ワインを飲む場面が何度か出てくる。だが、優美な生き物であるエルフの料理のイメージは、ホビットやドワーフが好んで食べているようなボリュームのあるものではなく、もっと軽やかだ。フランス語の専門用語を使うなら、エルフはブルジュア料理ではなく、キュイジーヌ・マンスール（脂肪分の少ない料理）を好むのだろう。そうでなければ、トールキンの物語に登場するエルフがみな、あれほどスリムで健康的であるはずがない。

　そう考えると、『指輪物語』の第3章に出てくるのが、エルフの典型的な食事なのかもしれない。ノルドールのエルフであるギルドールが、ホビット庄の末つ森でホビットにふるまった料理は、ヘルシーで新鮮、香り高く、心に残るものだった。大広間のような森の空き地にエルフが運んできたパンと野菜と果物と飲み物を、のちにピピンは"白昼夢"を見ているようだったと回想している。これからご紹介するレシピも同じように"夢みたいな料理"……とまでは言わないが、エルフの食に対する姿勢に何かしら即しているはずだ。栄養満点だが、適度な食事。シンプルな食材を生かした料理。そして、何よりも、食事を作る者とそれを食べる者の記憶に刻まれる料理だ。

闇の森のイラクサのスープ

　ミドルアースには森にも野にもイラクサが茂っている。物語の中でもイラクサに関する記述は幾度となく見られ、茂りすぎたイラクサの棘が肌を刺し、引っ掻き傷を作ることもあると記されている。また、イラクサはアザミやドクニンジンと並ぶ有毒な植物でもある。古森(ふるもり)ではそういった植物は雑草として扱われ、それが生えているのは、手つかずの自然が残る場所――言い換えれば庄の近くのキノコやタバコや小麦が栽培されているような安全な場所とはちがって、どちらかといえば危険な世界というわけだ。

　けれど、エルフは――特にミドルアースの森に住むライクウェンディ(緑のエルフ)は――ビタミンとタンパク質が豊富なイラクサを上手に利用する方法を知っていたはずだ。とりわけ、春に芽吹くやわらかくて若い枝を活用していたにちがいない。というわけで、オッシリアンドの森や闇の森で、よく晴れた春の日に作られていたようなおいしいスープを作ってみよう。

材料／6人分
所要時間／1時間
バター……25g
タマネギ……1個(粗く刻む)
焼いたジャガイモ……1個(約250g)
(角切り)
野菜、またはチキンのスープストック……1l
ナツメグ(パウダー)……小さじ1/4
イラクサの葉……225g
(よく洗って、水気を絞る)
牛乳……300ml
塩、胡椒……適量

　深緑色のこのおいしいスープは、収穫したイラクサを余すところなく使っている。少し贅沢な気分を味わいたければ、食べる直前に生クリームをかけよう。イラクサを扱うときには忘れずに手袋をつけて、イラクサは冷水でよく洗ってからスープに入れるようにする。

作り方

1. 小ぶりの鍋にバターを入れて熱し、タマネギをくわえて5分ほど炒め、タマネギがしんなりしたら、ジャガイモをくわえる。蓋をして、ときどきかき混ぜながら10分煮る。
2. スープストックを注いで、ナツメグ、塩、胡椒をくわえて煮立たせる。火を弱め、蓋をして、ジャガイモがやわらかくなるまで20分ほど煮る。
3. イラクサの葉をくわえ、蓋をして、イラクサがしんなりするまで5分ほど煮る。
4. ブレンダーやフードプロサッセーに移して攪拌し、なめらかなポタージュ状になったら、鍋に戻し、牛乳をくわえて、かき混ぜながらもう一度温める。

アラウの野牛の牛テールスープ

太古の時代のアルダ（地球）で、ヴァラールの狩人オロメは美しいヴァリノールを離れて、未開の大陸ミドルアースに行き、メルコール（モルゴス）が放った暗黒の生き物を熱心に狩っていた。オロメといえば、エルフの伝承に出てくる巨大で立派な牛を思い出す。ミドルアースの東方を歩きまわっていた その牛は、"アラウの野牛"と呼ばれていた。"アラウ"とは、シンダール語でオロメのことだ。

その牛は太陽と深い縁があったらしい（といっても、その太古の時代には太陽はまだ存在していなかった）。その牛の腹は東方にある"朝の門"で陽光を浴びて白く輝くとされていて、それはギリシア神話の太陽神ヘリオスの牛と通じるものがある。冬になると、エルフはコクのあるスープを作って、ヴァリノールのいまはなき故郷や、そこに住むヴァラールや仲間たちに思いを馳せたことだろう。

材料／6人分
所要時間／5時間
ヒマワリ油……大さじ1
牛テール(カット済み)……500g
タマネギ……1個(みじん切り)
ニンジン……2本(角切り)
セロリ……2本(角切り)
ジャガイモ……200g(角切り)
ハーブ各種……ひと束
牛スープストック……2l
ストロングエール……450ml
マスタード……小さじ2
ウースターシャーソース……大さじ2
トマトピュレ……大さじ1
ライマメ(缶詰)……410g
(ゆすいで、水気を切る)
塩、胡椒……適量
(仕上げ用)パセリ……適量(みじん切り)

味わい深く、心安らぐこのスープは、灰色の景色が広がる寒い冬にぜひ作ってほしい。できたてより、少し時間が経ったほうが旨みが増すので、残った分を翌日に食べるとさらに深い味わいが楽しめる。コーンブレッドマフィン（24ページ参照）に添えれば、非の打ちどころがない食事になる。

作り方

1. 大きな鍋にヒマワリ油を入れて熱し、牛テールを入れる。こんがりしたら裏返し、タマネギをくわえて、全体に焼き色をつける。

2. ニンジン、セロリ、ジャガイモ、ハーブをくわえて、2〜3分炒める。

3. スープストックとエールを注ぎ、マスタード、ウースターシャーソース、トマトピュレ、ライマメをくわえ、塩と胡椒をふって、かき混ぜながら煮立たせる。

4. 少しずらして蓋をして、弱火で4時間煮る。

5. 牛テールとハーブを取りだす。ハーブは捨てて、牛テールは骨をはずし、骨と脂身を捨てる。

6. 肉を鍋に戻して弱火にかけ、味見をして、必要に応じて塩と胡椒をふる。

7. スープボウルに注いで、パセリをちらす。

軽食

アルクウァロンデの二枚貝のスープ

トル・エレッセア（45ページ参照）でいちばん栄えた町といえば、アルクウァロンデ（白鳥港）だ。"水"を感じさせる地名ではあるが、正しくは"白鳥の楽園"という意味で、その港に停泊している白鳥の形をした優美な船からそう呼ばれるようになった。町の建物には真珠がちりばめられ、町全体がライトアップされているらしい。

エルフが町を飾るためにどんな真珠を使ったのかまでは記されていないが、おそらく牡蠣以外の二枚貝からとれたものだろう。エルフが食べるためにとった貝から、真珠が出てきたのかもしれない。シャコガイなどの大形の二枚貝からとれる真珠は、目をみはるほど大きなものもある。直径24cmにもなる有名な"老子の真珠"もそのひとつだ。貝からとれる真珠は上等な装飾品になり、もちろん貝の身も上質な食べ物だ。

材料／4人分
所要時間／45分
バター……15g
植物油……大さじ1
ラルド……75g
タマネギ……1個（みじん切り）
赤唐辛子……1本（みじん切り）
白ワイン（辛口）……100ml
牛乳……500ml
生クリーム（乳脂肪分48%）……200ml
チキンのスープストック……200ml
ベビーポテト（小ぶりな新ジャガイモ）……375g（半分に切る）
生の二枚貝（砂抜きしたアサリなど）……500g
（仕上げ用）イタリアンパセリ……ひとつかみ

クリーミーで食べ応えのあるこのスープは、ラルド（豚の背脂の塩漬け、または燻製）とジャガイモと貝の豊かな風味と食感が楽しめる。そればかりか、スープボウル1杯で完璧な食事になる。火を通しても開かない貝は、食べられないのでご注意を。

作り方

1. フライパンにバターと植物油を入れて熱し、ラルドを入れて5分ほど炒め、こんがりと色づいたら皿に移す。
2. 同じフライパンにタマネギを入れ、7分ほどしんなりするまで炒める。
3. 赤唐辛子をくわえて、ラルドを戻しいれ、ワインを注いで2分ほど煮立てる。
4. 牛乳、生クリーム、スープストックをくわえて煮立てる。
5. ベビーポテトをくわえて、やわらかくなるまで10分ほど煮る。
6. 貝をくわえ、蓋をして、5分ほど煮て貝の口を開かせる。開かない貝は捨てる。
7. 仕上げにイタリアンパセリをちらす。

トル・エレッセアの
シーアスパラガスたっぷりの海のサラダ

トールキンは豊かで独創的な神話の世界を創りあげるために、ためらうことなく世界中の神話を参考にしたようだ。そのひとつがトル・エレッセアという島だ。その島はミドルアースとアマンというふたつの巨大な大陸を隔てる大海ベレガイアに浮かんでいる。ホメーロスの『オデュッセイア』にもアイオリア（風の島）という浮島が出てくる。また、ケルト神話に登場するティル・ナ・ノーグは、アイルランド沖に浮かぶ幻の楽園で、大西洋の霧にまぎれて姿をあらわしたり、消えたりする。

トールキンが描いた浮島は1艘の船のように描かれている。その島はそもそも海底とつながっていたが、ヴァラールがエルフをアマンに呼び寄せる際に、海のヴァラであるウルモが島を海底から引き抜いた。そうして、巨大な船と化したその島に3種族のエルフを乗せて、海を渡らせたのだった。その後、その浮島はアマンの海岸近くでふたたび海底につなぎとめられて、海のエルフであるテレリが暮らすようになったのだった。

ベレガイアを渡る旅で、エルフは自分たちが乗っている浮島の浜でとれる海産物を利用したにちがいない。塩沼に茂るシーアスパラガスを使えば、新鮮な海のサラダが作れるのだから。

材料／4人分
所要時間／15分
（漬けおく時間は除く）
トマト(大)……600g
（約2cm角のざく切り）
塩……小さじ1
シーアスパラガス……200g
（根などを取り除く）
チャバタ(スリッパ形のパン)……150g
紫タマネギ……½個(みじん切り)
バジル……ひとつかみ
赤ワインビネガー……大さじ1
エキストラバージンオリーブオイル
……大さじ2
塩、胡椒……適量
(飾り用)バジル……適量

夏を感じさせるこのサラダを、暑い日の昼食にぜひ食べてほしい。ポイントは熟したトマトを使うこと。そして、シーアスパラガスの塩気に注意することだ。もともと塩気がある野菜なので、くわえる塩分は控えめにしておこう。

作り方

1. 金属ではないボウルにトマトを入れ、塩をふって、1時間置いておく。
2. 鍋に湯を沸かし、シーアスパラガスを1分ほど茹で、氷水にさらして、キッチンペーパーで水気を拭う。
3. チャバタの縁の硬い部分を切り落とし、粗くちぎる。
4. 清潔な手で1のトマトをつぶし、シーアスパラガス、チャバタ、タマネギ、バジル、赤ワインビネガー、オリーブオイルをくわえて、塩と胡椒で味を調える。
5. よく混ぜて、バジルをちらす。

軽食

メネグロスのエンダイブと洋ナシのサラダ

　トールキンの世界でドワーフは地下都市を築いたが、エルフも負けていない。エルフの地下都市で特に有名なのは、森の王国ドリアスの首都メネグロス——峡谷に深く穿たれた千洞宮の都市だ。とはいえ、エルフの地下都市や要塞はそれだけではない。ノルドールのエルフの領主フィンロドの拠点である要塞ナルゴスロンドは、メネグロスを模して造られた。『ホビット』にもドリアスに祖を持つエルフ王スランドゥイルの地下宮殿が登場する。こんなふうにエルフの地下都市を描くことで、トールキンは古代スカンジナビア神話の闇のエルフ（デックアールヴ）を連想させようとしたの

かもしれない。光のエルフ（リュースアールヴ）とちがい、闇のエルフは地下に住み、（トールキンが描いた一部のエルフと同じように）鍛冶の才能があったようだ。

　というわけで、闇と光を融合させた風味豊かなサラダを作ってみよう。ベルギーエンダイブ（キクヂシャ）は、光の届かない屋内でチコリの根を発芽させて育てる。ならば、エルフの洞穴の王国でも栽培できそうだ。ここでは、薔薇の花飾りをつけたルーシエン（ドリアスの厳格な王シンゴルの華麗な娘）にちなんで、香り高い洋ナシと薔薇の花びらを合わせてみよう。

材料／4人分
所要時間／10分
洋ナシ（熟している が、硬めのもの）……
2個（皮を剥き、芯を取って、スライスする）
レモン汁……½個分
ローズウォーター……大さじ1〜2
ベルギーエンダイブ、またはホワイトエンダイブ……2個
（葉をばらして、洗う）
オリーブオイル……大さじ1
ハチミツ……小さじ1
薔薇の花びら……軽くひとつかみ
塩……適量

　斬新で優美なこのモロッコ風サラダは、ほろ苦く歯応えのあるエンダイブを、ローズウォーターでマリネした完熟の洋ナシと合わせた。このサラダには薔薇の花びらが欠かせないとまでは言わないが、その芳香と甘みは夏らしいサラダの絶妙なアクセントになる。

作り方

1. ボウルに洋ナシを入れ、レモン汁とローズウォーターをくわえて軽く混ぜ、5分置いておく。
2. 浅い皿にエンダイブを並べ、水気を切った洋ナシをちらす。
3. ボウルに残ったレモン汁とローズウォーターにオリーブオイルをくわえてよく混ぜ、サラダにかける。
4. ハチミツをかけ、塩をふって、薔薇の花びらをちらす。食べる直前によく混ぜる。

銀筋川のスモークニジマス

トールキンはセアホール（かつてはウースターシャーの一部だったが、現在はバーミンガムに属する地域）の村で幸せな幼少期を過ごし、村を流れる小さなコール川のほとりで遊んだことをよく覚えていた。そうして、コール川とセアホールのにぎやかな水車をモデルに、ホビット庄の川と粉ひき場を創りあげた。その光景はトールキンの美しい水彩画『お山（ザ・ヒル）』に川の向こうのホビット村として描かれ、『ホビット』の一部の版に掲載された。

そういったことからも、大河や小川、支流や川とも呼べないほどの細い流れが、トールキンの想像の世界とミドルアースの地理に大きな役割を果たしていても不思議ではない。枝垂川、ブラン

ディワイン川、灰色川、エント川など、いくつもの川に感情が揺さぶられる名がつけられているのも納得だ。銀筋川（シンダール語で "ケレブラント"）は、まさに小さなその川にぴったりの名前と言えるだろう。モリアにあるドワーフの館の東門のそばから流れだす川で、ロスローリエンにあるエルフの森の王国を通って、大河アンドゥインに注ぎこむ。銀筋川の早い流れや、モリアでとれるダイアモンドのように硬い銀色の金属ミスリル、白の指輪ネンヤの持ち主で、ロスローリエンのエルフの女王ガラドリエルの白い服が目に浮かぶようだ。その川にはきっと、銀色に光るニジマスが泳いでいたにちがいない。

材料／2人分
所要時間／15分
スモークニジマス……200g
紫のブドウ(種なし)……160g
クレソン……75g
フェンネル……1個(薄切り)

ドレッシング
マヨネーズ……大さじ3
コルニション(小型のキュウリのピクルス)
……4本(みじん切り)
ケイパー……大さじ1と½(刻む)
レモン汁……大さじ2
塩、胡椒……適量

スモークしたニジマスは、スモークサーモン以上に繊細な味わいで、このサラダのもうひとつの食材であるブドウの甘みと相性がいい。おしゃれな前菜や軽い昼食として、ぜひ味わってほしい。

作り方

1. スモークニジマスの骨を取り除き、身をひと口大にほぐして、大きめのサラダボウルに入れる。
2. ブドウとクレソンを洗い、水気を切って、サラダボウルにくわえる。
3. フェンネルをくわえて混ぜる。
4. マヨネーズ、コルニション、ケイパー、レモン汁を混ぜ、塩と胡椒をふって味を調え、サラダにかけて、混ぜる。

海草のケーキ

ヴァラールやマイアール族など、トールキンが創造した神の多くは、古代の神話に登場する神々とよく似ている。たとえば、水の王ウルモの臣下でマイアール族のウイネンは、ギリシア神話の海の女神レウコテアーと共通する部分が多い。ホメーロスの『オデュッセイア』に出てくるその女神は、難破して、溺れ死ぬところだった主人公オデュッセウスを救う（民話で人魚として描かれているレウコテアーとはだいぶ趣が異なり、人間にやさしい）。ウイネンの夫はすぐに嵐を巻き起こす粗暴なオッセだが、ウイネン自身は夫とちがって、陽光降りそそ

ぐ穏やかな海や、実り豊かな岸辺、潮の流れといった海の恵みの象徴だ。ベレリアンドの海岸に住むテレリ族は、ウイネンと特に縁が深く、船乗りのヌーメノール人と同じように、海での無事を願って、ウイネンに祈りを捧げる。

テレリ族はウイネンに捧げる料理として、寿司のようなものを作り、自分たちもそれを食べていたのかもしれない。寿司を包むのは、テレリの安息の地にある岩場で集めた海草で、それはマイアール族であるウイネンの長い髪を思わせる。

材料／4人分
所要時間／20分
ご飯……400g
寿司酢……適量
海苔……4帖
スモークサーモン……100g
キュウリ……50g（透けるほどの薄切り）
醤油、わさび……適量

皿に描かれた1枚の絵のような海草ケーキは、巻き寿司より簡単だが、おいしさに変わりはない。醤油とつんとするわさび、お好みでショウガの甘酢漬けを添えてテーブルに並べよう。

作り方

1. ご飯に寿司酢をかけて、混ぜる。
2. まな板に海苔を2枚置き、それぞれに酢飯をのせて広げ、スモークサーモン、キュウリの順で酢飯の上に広げる。残りの酢飯でおおい、海苔2枚をのせる。
3. 上から押して、酢飯と具を密着させる。
4. それぞれ三角形になるように4つに切りわけて、醤油とわさびを添える。

リンドンのカニのパテ

トールキンはミドルアースを、もうひとつのヨーロッパとして捉えていた。はるかに時をさかのぼり、現在とは異なる神話の時代の異次元のヨーロッパだ。ミドルアースとしてよく知られている地図は、どことなくヨーロッパを思わせる。たとえば、ホビット庄はイギリスのウェストミッドランズ州に、ミナス・ティリスは地中海にほど近いローマに相応する。第一紀にエルフの大地だったベレリアンドはどうだろう？　ベレリアンドは『シルマリルの物語』の終盤で、そのほとんどが海に沈むが、残ったフォルリンドン（北リンドン）とハルリンドン（南リンドン）は、『指輪物語』の時代にはホビット庄の西、ルーン湾の北と南にある。リンドンの地形はブリストル海峡で二分されたウェールズと南西イングランドによく似ている。いっぽう、ベレリアンドの海に沈んだ大地は、一夜にして海に呑みこまれたという伝説が残るコーンウォール沖のリオネス諸島の大地や、ウェールズのカーディガン湾に沈んだ王国カンタレ・グウィロッドを指しているのかもしれない。

ミドルアースの歴史を感じさせる地理と同じように、新鮮なカニで作るシンプルな料理も、リンドンの荒々しい岩だらけの海岸線やコーンウォールとウェールズの海岸線を思い起こさせる。

材料／4〜6人分
所要時間／10分
ミニ・ブリニ（市販品）……
30〜36枚
カニ肉……275g
クリームチーズ……125g
（お好みで）スイートチリソース……
小さじ1〜2
レモン汁……小さじ2〜3
塩、胡椒……適量
（お好みで）チャイブ、
またはコリアンダー……適量

このカニのパテは万能だ。ミニサイズのブリニ（ロシア風パンケーキ）に塗れば、あっというまに華やかなカナッペができあがる。ディナーパーティーの前菜にするなら、小さなココットに詰めて、三角にカットした全粒粉のトーストとレモンを添えてテーブルに並べよう。

作り方

1. ブリニをアルミホイルで包み、180℃に予熱したオーブンで温める。または、パッケージに書かれた指示にしたがって温める。

2. （ブリニを温めているあいだに）カニ肉、クリームチーズ、レモン汁をボウルに入れ、フォークで好みの大きさにつぶし（フードプロセッサーを使ってもよい）、塩と胡椒で味を調える。

3. ブリニと2のカニのパテを皿によそって、チャイブをちらす。

軽食

エルウィングの白いピザ

エアレンディル（58ページ参照）の妻エルウィングは、半エルフの王女だ。その名は"星のしぶき"という意味で、"白きエルウィング"とも呼ばれている。エルウィングの物語は何よりも、ギリシア神話に数多く登場する人間と動物の変身を思わせる。もしかしたら、オウィディウスが物した『変身物語』のケーユクスとアルキュオネーの物語からヒントを得たのかもしれない。エルウィングは夫が海に出て不在のあいだ、シルマリルのひとつを託される。それを探しにきたフェアノー

ルの息子たちから逃れるために、岬から身を投げると、大きな白い海鳥に姿を変えた。そうして、鳥になったエルウィングは、夫と再会するために海を渡るのだった。エルウィングがどんな鳥に変身したのかまでは描かれていないが、その様子から想像するに、多くの船乗りが崇める大きなカモメかアホウドリかもしれない。

勇気あるヒロインに敬意を表して、純白のモッツァレラチーズを使った美しいピザを作ろう。

材料／4人分
所要時間／15分
ピザ生地（ミニサイズ）……4枚
ニンニク……2片（半分に切る）
モッツァレラチーズ……250g
（シュレッドする）
プロシュート（生ハム）……150g
ルッコラ……50g
（お好みで）バルサミコ酢……適量
塩、胡椒……適量

すぐにでも昼食や軽めの夕食を食べたければ、市販のピザ生地でピザを作れば簡単だ。このレシピをもとにして、具は思いつくままにアレンジしよう。お勧めは、オリーブ、アンチョビ、ケイパー、パッサータ（裏ごしトマト）、唐辛子、スライスしたピーマンやマッシュルーム、ハム、ブルーチーズ、ペパロニだ。

作り方

1. ピザ生地の表面にニンニクの切り口をこすりつける。
2. ピザ生地を天板にのせ、モッツァレラチーズをちらして、200℃に予熱したオーブンでこんがりと焼き色がつくまで10分ほど焼く。
3. プロシュートとルッコラをのせ、塩と胡椒で味を調え、バルサミコ酢をかけて、熱々を召し上がれ。

フィンゴルフィンの干しダラのコロッケ

　エルフの鍛冶仕事の最高傑作であるシルマリル（25、61、120ページ参照）をモルゴスが盗んだことから、その宝玉を作ったフェアノールはモルゴスへの復讐を誓った。それが発端となって、アルクウァロンデでの同族殺害が起こり、まもなくノルドールはヴァリノールから逃亡することになる。フェアノールとその息子たちはテレリの船を奪い、モルゴスを追ってミドルアースへ渡るが、フェアノールの腹違いの弟フィンゴルフィンが率いるノルドールの民は、極北の氷の海峡ヘルカラクセを歩いて渡るしかなかった。その旅は過酷を極め、フィンゴルフィンの妻をはじめ多くの者が命を落とすことになった。

⇒ 作り方は次のページ

　フィンゴルフィンとその民は初期のバイキングに通じるものがある。バイキングも未踏の地に分けいって、ニューファンドランド島などの大西洋の北の果てに移り住んだ（とはいえ、バイキングが好んだ移動手段は、ご存じのとおり船だ）。人里離れた場所で生き延びるためにバイキングが食べていたもののひとつに、アイスランドの魚の干物ハルズフィスクールがある。野外の木製のラックの上で干したその魚は、数年間保存がきく。もしかしたら、フィンゴルフィンとその民も保存食を携えていたのかもしれない。社会から隔絶された過酷な流浪の旅をしながらも、心温まる料理を食べて、ほっと一息ついたのだろう。

材料／4人分

所要時間／50分

（塩を抜く時間は除く）

干しダラ……250g

ジャガイモ……400g

（皮を剥いて、1個を4等分する）

ベルギーエシャロット……1個

（すりおろす）

卵黄……1個

パセリ……1束（みじん切り）

小麦粉……適量

揚げ油……適量

塩……適量

レモン……適量（くし切り）

外はさっくり香ばしく、中はふんわりやわらかい干しダラ入りのコロッケは、ぜひ食前酒と一緒に味わってほしい。さもなければ、前菜として熱々をほおばるのもいいだろう。くし切りのレモンを添えてテーブルに並べ、レモンを搾って食べれば絶品だ。クリーミーなガーリックマヨネーズを添えれば、特別感のあるごちそうになる。

作り方

1. 干しダラを冷水に浸して、24〜48時間冷蔵庫に入れ、塩抜きをする。魚の厚みにもよるが、その間、2回以上水を取り替える。

2. やわらかくなったタラの水気を切り、鍋に入れて新しい水を注ぎ、火にかけて沸騰させる。火からおろして、15分ほど置いておく。

3. 別の鍋に湯を沸かし、塩を少々くわえて、ジャガイモを入れ、15分ほど茹でる。ジャガイモに火が通ったら、湯を切り、ジャガイモを鍋に戻しいれて、塊が残らないようにしっかりつぶす。

4. タラの水気を切って、皮を剥ぎ、骨をはずして細かく割る。

5. すりおろしたベルギーエシャロットの水気を絞る。

6. 3のジャガイモに、タラ、ベルギーエシャロット、卵黄、パセリをくわえて、よく混ぜる。16等分して丸め、小麦粉をまぶす。

7. 深さ7cm以上の大きめの鍋、または電気フライヤーに揚げ油を注ぎ、180〜190℃に熱して（小さく切ったパンを入れて、30秒でこんがり色づく温度）、コロッケを2〜3個ずつ入れ、3分ほど揚げる。コロッケがこんがりと色づいたら、網じゃくしなどで油から引きあげ、キッチンペーパーの上に置いて、油を切る。残りのコロッケを揚げているあいだ、冷めないように保温しておく。

8. 温かいうちに皿に盛り、レモンを添える。

軽食

レゴラスのレタスのボートに乗ったカモ肉

『指輪物語』に登場するロスローリエンの領主ケレボルンは、南に旅する仲間に手を差し伸べた。銀筋川（48ページ参照）を下って大河を進み、ゴンドールへ向かう仲間に、3艘のエルフの船を与えたのだ。灰色の木でできたその船はひじょうに軽く、木の葉形のブレードがついた短い櫂で漕ぎ進む。浮力は抜群だが、舵を取るのは至難の業らしい。その描写から、古代ブリテンやアイルランドで使われていた木の枝を組んだ皮張り舟が思い浮かぶ。アイルランドではクラフ、ウェールズではコラクルと呼ばれる原始的な舟だ。昔の伝道師は

その舟で村から村へと渡って、神の言葉を広めたらしい。

ここでは、アジア料理をヒントに、レタスの葉をコラクルに見立ててみよう。葉っぱのコラクルにふわりとのせるのは、スパイスで軽く味付けしたひと口サイズのカモ肉だ。大河アンドゥインの岸辺には葦が生い茂り、そこにはたくさんのカモがいたはずだ。弓の達人レゴラスなら易々とカモを射止めたにちがいない。ただし、いくつかの材料は、さすがのレゴラスでもそう簡単には手に入らない。

材料／4人分
所要時間／30分
ゴマ油……大さじ2
カモの胸肉……2枚（約175g）
（細切り）
五香粉……小さじ2
ダークソイソース（中国醤油）……
大さじ2
ハチミツ……大さじ2
煎りゴマ……大さじ2
リトルジェムレタス（ミニロメインレタス）
の葉……8枚
青ネギ……4本（みじん切り）
ニンジン（小）……1本
（皮を剥いて、すりおろす）

ねっとりとしながらも香ばしいカモ肉のホットサラダには、五香粉が欠かせない。五香粉とは、小茴香（フェンネル）、丁香（クローブ）、八角（スターアニス）、桂皮、ショウガなどを混ぜた中国の香辛料だ。このサラダをお腹に溜まる食事にアレンジするなら、カモ肉を卵麺にのせて、蒸したチンゲンサイを添えるといいだろう。

作り方

1. 厚手のフライパンにゴマ油を入れて熱する。

2. ボウルにカモ肉と五香粉を入れて混ぜ、1のフライパンで8〜10分強火で炒める。肉に火が通ってカリッとしたら、ダークソイソースとハチミツをくわえ、さらに2分ほど炒めて、肉に甘辛のタレをからめる。火を止め、ゴマをふって、保温しておく。

3. レタスを洗って水気を拭い、大皿に並べ、それぞれの葉に2のカモ肉をスプーン1杯分ずつのせて、青ネギとニンジンをちらす。

軽食

ヴィンギロトのパスティー

　半エルフのエアレンディル（エルロンドとエルロスの父）は、ベレリアンドのエルフと人間にとって救世主のような存在だ。ミドルアースでのモルゴスとの戦いのさなか、ヴァラールに助けを請うためにヴァリノールに向けて船出したのだ。実のところ、トールキンが自身の壮大な神話を創造するにあたって、まず頭に浮かんだのがエアレンディルだった。それは、大惨事へと突き進むヨーロッパでの第一次世界大戦の勃発がきっかけだった。トールキンが物した『エアレンデルの航海』という詩では、主人公のエアレンデルは明けの明星と宵の明星に姿を変えた。その星は希望と復活の象徴である。

　ヴィンギロトとはエアレンディルの船の名前だ。エアレンディルはキールダンの助けを借りて、白いブナで船を造り、銀色の帆を張った。エルフと人間の窮状を憐れんだヴァラールは、エアレンディルの嘆願に応じて、モルゴスとの全面戦争に乗りだし、さらに、エアレンディルの船を祝福して、宙を飛ぶように造りかえた。額にシルマリルを掲げた半エルフの船長エアレンディルは、最後にして最大の戦いである"怒りの戦い"にも出陣し、黒竜アンカラゴンを打ち倒したのだった。エアレンディルが宵の明星であり、救い主でもあるように描かれているのは、『ヨハネの黙示録』で"輝く明けの明星"と呼ばれたキリストを明らかに意識していると考えられる。また、トールキンの頭の中には、古代ギリシア神話に基づく星座アルゴ座（アルゴー船）も浮かんでいたにちがいない。その星座はイアーソーンの不思議な力を持つ船とアルゴナウタイ（その船に乗り込んだ英雄たち）にちなんだものだ。

　それでは、ヴィンギロトにちなんで、船の形のパスティ（肉や魚を包んだパイ）を作ってみよう。大空を船で渡るエアレンディルも、毎晩、こんなふうにおいしいごちそうを口にしたことだろう。

材料／4人分
所要時間／1時間
オリーブオイル……大さじ1
タマネギ……1個(みじん切り)
ニンニク……2片(みじん切り)
ズッキーニ……1本(角切り)
パプリカ(黄色)……½個
(種を取って、角切り)
パプリカ(赤)……½個
(種を取って、角切り)
トマトの水煮(カット)……400g
刻んだローズマリー、またはバジル
……大さじ1
グラニュー糖……小さじ½
(艶出し用)溶き卵……適量
塩、胡椒……適量

パイ生地
強力粉……175g
バター……75g(角切り)
チェダーチーズ(マチュア)……75g
(角切り)
卵黄……2個
水……小さじ2

　色鮮やかな野菜を詰めた小さなパイは、温かくても、冷めてもおいしい。サラダとの相性も抜群だ。スプーンやフォークなしでも食べられるから、ピクニックに持っていくのもいいだろう。肉をくわえたければ、パプリカを省いて、トマトフィリングが冷めてから、50gのハムを角切りにして混ぜこもう。

作り方

1. 鍋にオリーブオイルを入れて熱し、タマネギを入れて5分ほど炒める。タマネギがしんなりしたら、ニンニク、ズッキーニ、パプリカをくわえて、軽く炒める。トマトの水煮、ハーブ、グラニュー砂糖をくわえて、塩と胡椒をふる。蓋をせずに、ときどきかき混ぜながら、とろみがつくまで弱火で10分ほど煮て、冷ましておく。

2. パイ生地用の強力粉とバターをボウルに入れ、指ですりあわせるようにして混ぜる。そぼろ状になったら、チーズを入れて、ざっと混ぜる。卵黄と水をくわえて、なめらかになるように混ぜる。

3. 軽く打ち粉（分量外）をふった台に取りだして、軽く捏ね、4等分する。

4. ラップの上に生地を置き、もう1枚のラップをかけて、めん棒で直径18cmの円に延ばす。上のラップをはがして、生地の中央に1のトマトフィリングの¼量をのせる。パイ生地の縁に溶き卵を塗り、下のラップごと半分に折る。

5. ラップをはがして、油脂を塗った天板に移し、縁を指で押してパイ生地が開かないようにしっかり密着させる。残りのパイ生地とフィリングも同様に成形する。

6. 溶き卵を塗り、仕上げ用のチェダーチーズをちらして、190℃に予熱したオーブンで20分焼く。黄金色に焼きあがったら、ケーキクーラーに移して冷ます。

軽食

青の魔法使いのステーキ

　ガンダルフ、サルマン、ラダガストはさておき、ミドルアースの東部に迷いこんだ青いローブのふたり組のイスタリ（魔法使い）——アラタールとパルランド——はどうなったのだろう？　それは、トールキンの伝説空間で未だ解決されていない大きな謎のひとつだ。マイアール族のアラタールはヴァリノールでオロメに仕えていて、パルランドも同じだったはずだ。となれば、師である狩猟者オロメが足繁く通っていた東方へと、そのふたりが渡ったのは、しごく当然の流れかもしれない。

　トールキンはどういうわけかふたりの運命については多くを語っていない。サルマンと同じように任務を果たせず、秘教の開祖になったようなことを匂わしているだけだ。だが、読者としては、ふたりとも忠誠心を捨てず、ミドルアースの自由の民として密かにサウロンと戦ったと思いたい。そうして、アラウ（オロメの別名）の野牛（43ページ参照）の世話をしながらも、ときにはその牛のステーキを食べたことだろう。

材料／4人分
所要時間／20分
オリーブオイル……大さじ2
フィレステーキ肉……4枚
(1枚約175g)
バルサミコ酢……大さじ2
赤ワイン(フルボディ)……75ml
ビーフのスープストック……大さじ4
ニンニク……2片(みじん切り)
フェンネルシード……小さじ1(つぶす)
ドライトマトのピュレ……大さじ1
乾燥赤唐辛子(パウダー)……
小さじ½
塩、胡椒……適量
(仕上げ用)イタリアンパセリ……
適量(刻む)

　すぐに作れるおいしい昼食を食べたければ、ピリリと辛いチリソースをかけたジューシーなステーキがお勧めだ。他には、瑞々しいグリーンサラダがあれば充分だ。もう少しボリュームがほしければ、新ジャガイモのローストやフライドポテトを添えよう。

作り方

1. フッ素加工のフライパンにオリーブオイルを入れ、煙が出るまで熱して、ステーキ肉を焼く（ミディアムレアなら強火で2分、裏返してさらに2分焼く。ウェルダンなら4〜5分ずつ焼く）。フライパンから取りだして、塩、胡椒をふり、保温しておく。

2. フライパンに酢、ワイン、スープストックを注ぎ、フライパンに残った肉汁や油をこそげ落としながら、30秒ほど煮立てる。

3. ニンニクとフェンネルシード、トマトピュレと赤唐辛子をくわえて混ぜ、強火で煮詰めて、とろみをつける。

4. 肉を皿に盛りつける。肉から出た肉汁を一滴残らず3のソースにくわえて、ひと煮立ちさせ、塩と胡椒で味を調える。

5. ステーキ肉を食べやすい大きさに切り、4のソースをかけて、パセリをちらす。熱々を召し上がれ。

フェアノールの炎の焼きカボチャ

フェアノールは『シルマリルの物語』の主人公のひとりだ。熱血漢で、気位の高いノルドール族の王子で、エルフ史上最高の工匠であり、金属細工師でもある。ある意味でギリシア神話のプロメテウスや、アメリカ先住民の伝説に出てくるコヨーテなど、世界中の神話に欠かせない"文化的な英雄"だ。新たな技術や禁じられた技術を世に送りだそうと、神々に逆らう英雄なのだ。『シルマリルの物語』の中心的なモチーフである世にも美しい宝玉シルマリルはもとより、『ホビット』や『指輪物語』にも出てくるテングワールという文字を作ったのもフェアノールだ。

プロメテウスと同じように、金属細工師のフェアノールは火と縁があり、その名も"火の精"を意味している。フェアノールの激しい気性は、自身の民であるノルドールに災いをもたらした。高慢さと執拗な復讐心のせいで、ノルドールはミドルアースで亡命生活を送ることになったのだ。というわけで、宝石のように色鮮やかで、口の中が焼けそうなほど熱いオーブン料理を、第一紀の英雄——欠点だらけだが、才能あふれる英雄——に捧げるとしよう。

材料／4人分
所要時間／50分
ビート(生)……400g
(皮を剝いて、角切り)
カボチャ、またはバターナッツカボ
チャ……625g(皮を剝いて、種を取り、
ビートより大きめの角切り)
紫タマネギ……1個(くし切り)
オリーブオイル……大さじ2
フェンネルシード……小さじ2
赤唐辛子(フレーク)……小さじ½
ヤギのチーズ(小)……2個
(1個100g)
塩、胡椒……適量
(仕上げ用)ローズマリー……
適量(刻む)

大地の香りのビートと甘いカボチャ、なめらかで刺激的なヤギのチーズが、熱々の皿の上で美しいハーモニーを奏でている——そんな野菜料理をいとも簡単に作ってみよう。平日の軽い夕食にお勧めだ。生のビートを扱うときには、忘れずにゴム手袋をつけるようにする。さもないと、手まで真っ赤に染まってしまう。

作り方

1. オーブン皿に野菜を入れ、オリーブオイルをまわしかけて、フェンネルシード、唐辛子、塩、胡椒をふる。

2. 200℃に予熱したオーブンで20〜25分焼く。途中でいったん取りだして、野菜の上下を返す。野菜に火が通り、全体がこんがりと色づいたら焼きあがり。

3. チーズを3等分して、焼いた野菜のところどころに押しこんで、チーズの上に塩と胡椒をふり、野菜から出た汁をまわしかける。

4. もう一度オーブンに入れて、5分ほど焼いて、チーズを溶かす。

5. ローズマリーをちらして、熱々を召し上がれ。

ルーシエンのアスパラガスのタルト

人間のベレンとエルフの乙女ルーシエンの物語は、トールキンの伝説空間の核となる逸話のひとつだ。それは『シルマリルの物語』に記されているが、『指輪物語』の中でもアラゴルンがフロドに手短に話して聞かせる。ベレンとルーシエンは、ケルトの伝説が起源のトリスタンとイゾルデや、ギリシア神話のオルフェウスとエウリュディケのような恋人で、その物語にもいくつもの類似点がある。また、反対する父親、復讐に燃える冥王、さらには死など、さまざまな困難にも屈しない永遠の愛は、ふたりの子孫であるアラゴルンとアルウェンの愛を予見させる。

トールキンは最愛の妻のエディスをその物語の登場人物であるルーシエンに投影した。オックスフォードのウルバーコート墓地にあるトールキン夫妻の墓には、ルーシエンとベレンの文字が刻まれており、それは妻とトールキンを指している。トールキンの物語の中で、ルーシエンはもっとも美しいエルフであり、春と関連がある。ルーシエンが歩くと足元で花が咲き、声は冬の氷を解かして寒さをやわらげるのだ。トールキンが描いたそのヒロインに何よりもふさわしい料理といえば、春を待ちわびたかのように芽を出す緑色のやわらかなアスパラガスのタルトだろう。

材料／2人分
所要時間／25分
アスパラガス……125g
（硬い部分を切り落とす）
パイシート（市販）……1枚（約180g）
バジルペースト（市販）……大さじ1
ミニトマト……4個（半分に切る）

以下は仕上げに、お好みで
パルメザンチーズ（粉末）……適量
ルッコラ……適量
バルサミコソース……適量
エディブルフラワー……適量

風味の良いこのアスパラガスのタルトは、焼きたてにパルメザンチーズとルッコラをちらしてほしい。あるいは、冷ましてからエディブルフラワーをちりばめ、美しい絵のように仕上げるのもいいだろう。大きなスーパーマーケットに行けば、冷蔵野菜のコーナーにヤグルマギクやパンジー、ナスタチウムなど、数種類のエディブルフラワーが並んでいるはずだ。

作り方

1. 鍋に水と少量の塩を入れて火にかけ、沸騰したらアスパラガスを入れて2分ほど茹でる。湯を捨て、アスパラガスを流水でゆすぎ、水を切る。

2. オーブン用の天板にパイシートを置き、縁を1cm残して均等な厚さに延ばす。

3. 延ばした部分にバジルペーストを塗り、アスパラガス、ミニトマトの順にのせる。

4. 200℃に予熱したオーブンで、パイがパリッとしてこんがりするまで15〜20分焼く。

5. パルメザンチーズとルッコラをちらし、バルサミコソースをまわしかけて温かいうちに食べる。または常温まで冷まして、エディブルフラワーをちりばめる。

軽食

ローリエンの庭のアボカド

アボカドは今ではごく身近な食材で、朝食にサワードウのパンにのせることもあれば、パクチーと唐辛子入りのワカモレを作ることもある。身近になりすぎたせいか、古代メソアメリカ発祥の野菜であることを忘れそうになる。ヨーロッパからやってきた征服者（コンキスタドール）は、16世紀に初めてアボカドを食べて、気に入ったようだが、ヨーロッパのスーパーマーケットに大量に出まわるようになったのは、20世紀後半になってからだ。それがいまや、健康意識の高い人が好むスーパーフードと言われるまでになった。

1970年代、郊外の住宅街でアボカドが驚きと

ざわめきを持って受けいれられたのだとしたら、ローハンにあるアングロ・サクソン風の木造りの首都エドラスや、第三紀のゴンドールの首都ミナス・ティリスでは、どんなふうに受けとめられたのだろう？　はっきり言えば、ミドルアースの料理にはアボカドが入りこむ余地はない。だが、トールキンが描いたアメリカのような大陸、大海を越えた先にあるアマンなら、アボカドがあっても不思議はないだろう。ヴァリノールにあるローリエンの庭には、アボカドがたわわに実り、流行に敏感な高貴な"上のエルフ"である金髪のヴァンヤール族はそれを食していたにちがいない。

材料／4人分
所要時間／10分
アボカド……2個
（皮を剝き、種を取って、刻む）
ライムの搾り汁……1個分
ミニトマト……6個（ざく切り）
刻んだパクチー……大さじ1
ニンニク……1〜2片（つぶす）

栄養豊富で、健康にも良いアボカドがなければ、シンプルで爽やかな味わいのワカモレは作れない。トーストしたピタパンやトルティーヤ、フライドポテトに添えてもいいし、よりヘルシーな食事が好みなら、オートミールのフラットブレッドや、キュウリ、ピーマン、ニンジンなどの野菜と一緒に食べるのもお勧めだ。

作り方

1. ボウルにアボカドとライムの搾り汁を入れ、変色しないように手早くアボカドをつぶし、トマト、パクチー、ニンニクをくわえて混ぜる。
2. 時間をおかずにすぐに召し上がれ。

ヴァリノールの食事

　トールキンはエルフをずいぶん複雑に分類している。なぜかといえば、ひとつには、各々のエルフが抱いているアイデンティティを重視したからだ。テレリ、ノルドール、ヴァンヤールなどは、自身の種族に強いプライドを持ち、さらに、アマン（至福の国）に渡って二つの木の光を見たカラクウェンディ（光のエルフ）と、そうではないモリクウェンディ（暗闇のエルフ）との決定的なちがいを明確に意識していた。モリクウェンディとはヴァラールの招致に応じなかったエルフ（アヴァリ）、または、さまざまな理由から旅の途中で脱落したウーマンヤール（アマンに属さない者たち）だ。

　トールキンのアルダ（地球）では、アマンは本来、ミドルアースの西に広がる大海ベレガイアを越えたところにある大陸だった。そこには、不死のヴァラールとマイアール（偉大な力を持つ者とそれに仕える者）、そして、やはり不死のエルフが住んでいて、それゆえに"不死の地"とも呼ばれていた。ただし、ミドルアースと同じように、地形も独特なら動植物も独特で、まぎれもなくそこに存在している場所だった。第二紀の終わりにヌーメノールが滅亡し、アルダが平面から球体へと大変換を遂げると、アマンの地は世界から切り離され、そこへたどり着けるのは、海の上の宙にかけられた"まっすぐの道"を航海するエルフ（そして、その他のわずかな者）だけになった。

　その世界観からすると、アマンがアメリカ大陸を意味しているとは考えにくい。なんといっても、アメリカ大陸とヴァラールの大陸は位置も形もちがうのだ。それでも、トールキンが思い描いたアマンが、アメリカ大陸の影響

を受けているのはまちがいない。ヨーロッパ人がアメリカ大陸を発見したのは1492年で、それから数百年のあいだ、その大陸は神から与えられた平和で豊かな場所、つまり地上の楽園であると考えられていた。天をつく"二つの木"にしろ、エデンの園のようなローリエンの庭にしろ、トールキンのヴァリノール（アマンにあるヴァラールの国）の描写は、クリストファー・コロンブスのヒスパニオラ島に関する大げさな描写（1493年）にどことなく似通っている──"天高くそびえる山々……すべてが優美で、親しみ深く、数限りない種の木々が生い茂り、（そこでは）サヨナキドリが歌い、さまざまな鳥が飛び交っている"。この描写と、さらにはその後の数十年間の同じような描写が、戦争と欲望によってずたずたに引き裂かれたヨーロッパの人々の心の琴線にふれ、移民と植民地開拓という社会の流れに拍車をかけた。トールキンが創りあげた伝説空間でも、アマンは"ミルクと蜂蜜の地"として、やはりミドルアースに暮らす者たちの心を揺さぶり、特にエルフは西に向けて船出して、心のユートピアへ渡らずにはいられなかった。

　このレシピ本では全編をとおして、アメリカとは似て非なるアマンを思い描き、ミドルアースでは手に入らなくても、アマンでなら入手できそうな食材を使っている。ジャガイモ、トマト、アボカド、ブルーベリー、カボチャなど、今、私たちがあたりまえのように食べているアメリカ大陸原産の食材だ（トールキンも自分で創りあげた世界を自由に描く権利を行使して、旧世界と同じ植物が生えているはずのミドルアースに、ジャガイモやタバコ畑を堂々と登場させている。だから、私たちも気兼ねすることはないのだ）。というわけで、アマンで暮らすエルフの食べ物や飲み物を空想し、ときにはヴァラールと食事をする場面を思い描いて、アマン料理と呼べそうなものを考案した。

メインディッシュ

MAIN MEALS

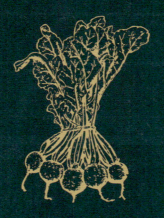

『ホビット』では、誰もがいつもお腹をすかせている。本のタイトルである
ホビットも、ドワーフも魔法使いも蜘蛛もゴブリンもドラゴンも、そして、
エルフでさえそうだ。登場人物も彼らが出くわすモンスターも、食べ物のこ
とが頭から離れず、次の食事が気になってしかたないらしい。それはひとつ
には、『ホビット』が子供向けの本だからだ。子供は食べ物が出てくるお話
が大好きだ（いや、自白すれば、大人だって同じだ）。そしてまた、いかにもホビット
らしいビルボ・バギンズの食への執着はなかなかのもので、そんなビルボ
の視点で読者は物語を追うことになる。ホビットならではのビルボの視点で
は、誰もが胃袋でものを考えることになるのだ。

　とはいえ、『指輪物語』、さらには『シルマリルの物語』から抱いた先入観
のようなものを抱えたまま『ホビット』を読むと、エルフまでもが食欲旺盛
なことに少なからずショックを受けるかもしれない。極めて優美で、この世
のものとは思えないようなエルフが、食欲などという卑しい欲望を抱くのだ
ろうか、と。それでも、『ホビット』にはエルフがごちそうを食べ、大酒を
飲んで、食べ物について語らい、歌う場面が幾度となく出てくる。しかも、
昔ながらの簡素な食べ物だけでなく、ファゴット（豚のレバーのミートボール）
やバノック（オートミールで作る種なしパン）、芳醇な赤ワインなど、濃厚で腹持
ちのいいものを食べているのだ。

　となれば、ボリュームたっぷりの料理や、洗練された料理もご紹介しなけ
ればなるまい。トールキンが『ホビット』で描いたエルフが心から満足する
ような料理だ。ベレリアンドやロスローリエンのエルフだって、そういった
料理には心惹かれるにちがいない。

メインディッシュ

エレギオンの根菜のシチュー

おいしくて心安らぐこのシチューは、ノルドールの国エレギオン（柊郷）にちなんでいる。エレギオンは霧の山脈とドワーフの王国モリアの西にあり、第二紀の時代にサウロンはその地でフェアノール（61ページ参照）の孫ケレブリンボールを筆頭とするエルフの宝石細工師たち（グワイス＝イ＝ミーアダイン）を騙して、力の指輪（79ページ参照）を作らせた。『指輪物語』では、旅の仲間がその地を通るが、そこは何百年も前に滅びていて、トールキンのミドルアースに散在するエルフやドワーフ、ドゥーネダインの王国の廃墟のひとつになっていた。そういった描写によって、トールキンは暗黒時代の英国を甦らせたのかもしれない。英国の丘陵には古代ローマ帝国時代の栄華を思わせる廃墟がいくつも残っている。

旅の仲間はエレギオンで、根菜を掘ってきてシチューを作ったのかもしれない。遠い昔に力の指輪が作られたケレブリンボールの作業場跡に腰を下ろして、シチューを食べたのだろう。

材料／4人分
所要時間／1時間半
ハトムギ……100g
オリーブオイル……大さじ2
タマネギ（大）……1個（みじん切り）
リーキ（セイヨウネギ）……2本
（根を切り落として、みじん切り）
セロリ……1本（みじん切り）
根菜ミックス（パースニップ、ルタバガ、カブ、ニンジン、ジャガイモなど）……750g
（大きさをそろえて角切り）
野菜のスープストック……1.2l
ブーケガルニ……1束
塩、胡椒……適量

凍えるほど寒い日に外を歩きまわったなら、温かくて心休まる食事で一日を締めくくりたい。このシチューは冷凍保存ができる。材料を2倍にしてたっぷり作るのもいいだろう。

作り方

1. 大きな鍋に水を入れ、火にかけて沸騰させて、ハトムギを入れる。弱火で30分ほど茹でて、湯を切る。

2. （ハトムギを茹でているあいだに）厚手の鍋にオリーブオイルを入れて、中弱火で熱し、タマネギ、リーキ、セロリを入れ、焦がさないように気をつけながら、しんなりするまで8〜10分炒める。根菜類をくわえて、さらに5分ほど炒める。

3. スープストックを注ぎ、ブーケガルニをくわえて沸騰させる。1のハトムギをくわえて、ひと混ぜしたら、ハトムギと野菜がやわらかくなるまで弱火で25〜30分煮る。

4. ブーケガルニを取り除き、塩と胡椒で味を調える。

ヴァンヤールのインゲン豆のシチュー

トールキンは新世界で楽園でもあるヴァリノールを豊穣の地として描いた。そこには庭園がたくさんある。いうなれば完璧に整えられた自然美の庭園で、その代表格がヴァリノールの南部にあるローリエンの庭だ。目を奪われるほど美しい花や木々が生い茂り、一見、観賞用の庭のようだが、その地に住む"金髪のエルフ"ことヴァンヤール族は菜園もつくっていたはずだ。新世界のそのエルフを、アメリカ先住民が栄えたメソアメリカの人々と重ねあわせてみるのもいいだろう。ヨーロッパ人に征服される何百年も前から、メソアメリカの人々は大地を耕し、"三姉妹"と呼ばれる作物（伝統的な三つの作物）であるトウモロコシ、カボチャ、豆を育てていた。

楽園の手入れは重労働だ。それを思えば、すぐに作れる手軽なシチューは、王であろうと家来であろうと、庭でのたいへんな作業をこなしたヴァンヤールにとって、重宝する料理だったにちがいない。

材料／4人分
所要時間／30分
オリーブオイル……大さじ3
タマネギ（小）……1個（みじん切り）
ニンニク……2片（みじん切り）
ニンジン……2本（皮を剥いて、角切り）
ローズマリーの葉……大さじ1
（みじん切り）
インゲン豆の水煮（缶詰）……2缶
（800g）（水でゆすいで、ざるにあげる）
野菜のスープストック……600ml
塩、胡椒……適量

ビーガン料理でもあるこの豆のシチューは、寒い冬に体を芯から温めてくれる。そして、お財布にもやさしい。いろいろな豆で作れるので、戸棚の中にある手持ちの豆を使おう。特にお勧めなのは、クランベリービーンやライマメで、こんがり焼いたパンやベイクドポテトにたっぷりかけて、食べてほしい。

作り方

1. 厚手のフライパンにオリーブオイルを入れ、火にかけて熱したら、タマネギ、ニンニク、ニンジン、ローズマリーをくわえて、ときどきかき混ぜながら、野菜に火が通るまで中火で3〜4分炒める。

2. インゲン豆と野菜のスープストックをくわえ、煮立たせる。蓋をせずに、軽く沸騰した状態を保ちながら10分ほど煮る。

3. 火傷に注意しながら豆の⅓量を取りだして、フードプロセッサーにかける。なめらかになったら鍋に戻し、かき混ぜながら温めて、塩と胡椒で味を調える。

メインディッシュ

モリクウェンディの黒レンズ豆と黒インゲン豆のカレー

エルフ同士とはいえ、ノルドールはアヴァリを蔑んで"モリクウェンディ"（暗闇のエルフ）と呼ぶようだ。それはモリクウェンディがヴァラール（66ページ参照）からの招きに耳を貸さなかったせいだろう。いっぽう、アヴァリの多くも敵意を隠そうとしない。トールキンがアヴァリを悪者扱いすることはなかったが、初期の時代にアヴァリの一部が捕らえられ、堕落させられて、邪悪なオークという種族になったと記している。

黒レンズ豆と黒インゲン豆を使っためずらしい料理は、暗闇のエルフの知られざる存在へのオマージュで、黒い色と東洋的な味付けはミドルアースの東のはずれの暗い森を思わせる。

材料／4人分
所要時間／1時間半
（豆を浸水させる時間は除く）
黒レンズ豆（乾燥・スプリット）……
125g（水でゆすぐ）
熱湯……500ml
ピーナッツオイル……大さじ1
タマネギ……1個（みじん切り）
ニンニク……3片（つぶす）
皮を剝いて、すりおろしたショウガ
……小さじ2
青唐辛子……2本（縦半分に切る）
ターメリックパウダー、パプリカパウダー、クミンパウダー、コリアンダーパウダー……各小さじ1
黒インゲン豆（缶詰）……1缶（400g）
（水でゆすいで、ざるにあげる）
冷水……500ml
ベビーホウレンソウ……200g
みじん切りのパクチー……
ひとつかみ
塩……適量
（仕上げ用）無脂肪ヨーグルト……
200ml（泡立てる）

黒い豆を使ったこの料理は、おいしくて、体にも良い。魅惑的なスパイスをたっぷり使い、食物繊維、タンパク質、鉄分、ビタミン、抗酸化物質も豊富に含まれている。作る際には、前日の夜にレンズ豆を水に浸けるところから始まるのをお忘れなく。

作り方

1. 深いボウルに黒レンズ豆を入れ、冷水（分量外）を注いで、10～12時間置いておく。ざるにあげ、流水でゆすぐ。

2. 鍋に入れて熱湯を注ぎ、火にかける。沸騰したら火を弱め、アクをすくい、ときどきかき混ぜながら35～40分煮る。

3. 鍋にピーナッツオイルを入れて熱し、タマネギ、ニンニク、ショウガ、唐辛子を5～6分炒める。ターメリックなどのスパイス、黒インゲン豆、黒レンズ豆、冷水をくわえて煮立たせる。

4. 火を弱め、ホウレンソウをくわえて混ぜる。ときどきかき混ぜながら10～15分煮る。

5. 火からおろして、塩で味を調え、みじん切りのパクチーをくわえて、ヨーグルトをかける。パプリカパウダーをふって、熱々を皿によそう。

ギル＝ガラドの黄金のダール

　トールキンのミドルアースが他に類を見ないほどすばらしいのは、ひとつに『ホビット』と『指輪物語』に描かれる第三紀後半という壮大な現在を創造し、さらには『シルマリルの物語』などに描かれる第一紀や第二紀という太古の英雄時代の神話のような歴史と未開の大地を創りあげたことだ。それによって、トールキンの作品は壮大かつ深淵なものとなった。同じように黄金時代の伝説の英雄を描いたホメーロスの『イーリアス』や、イギリス最古の物語『ベーオウルフ』など、トールキンが影響を受けた偉大な国民的叙事詩と肩を並べる作品になったのだ。

　第二紀の英雄の中でひときわ目を引くのは、ギル＝ガラド（燦然たる輝きの星）だ。ギル＝ガラドはノルドール・エルフの最後の上級王で、冥王サウロンを打ち倒したが、その戦いで自身も命を落とした。第三紀においても希望と復活の象徴でありつづけ、『指輪物語』には神話の英雄として登場し、詩や物語に描かれている。サムが子供だった頃にビルボから教わったギル＝ガラドの英雄詩の冒頭の一節を思い出して、「ギル＝ガラドはエルフの王なりき……」とそらんじる場面は特に印象深い。

　黄金色のこの料理は、最後の偉大なエルフ王の黄金期の姿をイメージしている。馬にまたがり軍を従え、盾と旗を高く掲げて、サウロンに立ち向かうギル＝ガラドを。

材料／2人分
所要時間／45分
オリーブオイル……大さじ2
タマネギ……2個（みじん切り）
ニンニク……4片（みじん切り）
ターメリックパウダー……小さじ2
フェヌグリークパウダー……小さじ2
黄色レンズ豆（乾物）……225g
（水でゆすいで、ざるにあげる）
トマトの水煮缶（カット）……1缶
（400g）
砂糖……小さじ2
水……750ml
パクチー……ひと束（小）（みじん切り）
塩、胡椒……適量

　この料理は2〜3人分のビーガンのメインディッシュにもアレンジできる。その場合は、乳製品不使用のヨーグルトに少量のハリッサ（辛口のペースト状の調味料）を混ぜたソースをかけて、トーストしたフラットブレッドを添えるといいだろう。あるいは、焼いた肉に添えれば、サイドディッシュになる。

作り方

1. 厚手のフライパンにオリーブオイルを入れて中火で熱し、タマネギとニンニクをしんなりするまで2〜3分炒める。ターメリック、フェヌグリーク、レンズ豆をくわえ、よく混ぜてなじませてから、トマトの水煮と砂糖をくわえる。

2. 水をくわえて、いったん沸騰させ、火を弱めて蓋をし、レンズ豆が煮崩れないように30分ほど煮る（煮詰まらないように必要に応じて水を足す）。

3. 半量のパクチーをくわえて、ひと混ぜし、塩と胡椒で味を調える。皿によそって、残りのパクチーをちらす。

メインディッシュ

クイヴィエーネンのムール貝

"エルフの目覚め"はミドルアースの東の果て、ヘルカールの内海のクイヴィエーネンの入江にある森の中で起きた。その出来事は『シルマリルの物語』で触れられているが、後年の『クイヴィエニャルナ』というやや不思議な作品の題材にもなっている。その作品ではエルフの古代の伝承の一部として描かれ、クウェンヤ語で"一"、"二"、"三"とそっけない名がつけられた最初のエルフのカップル（ヴァンヤールやノルドールやテレリの先祖）が目覚め、そこからエルフの数が飛躍的に増えていく。

エルフは長い月日をかけて、試行錯誤しながら文化の礎を育んでいった。言葉、詩、歌、住居、衣服、さらには、暖を取るための火、そして、調理方法を身に付けていったのだ。幼子のようなエルフたちはヘルカールの海辺を歩きまわり、自分たちを取り囲む新しい世界の不思議を感じながら、岩場でムール貝をとったにちがいない。そうして、その貝をこのレシピと同じようにシンプルに、ハーブと一緒に煮たのだろう。ただしワインが手に入るのは、エルフがさらに進化を遂げてからだ。

材料／4人分
所要時間／15分
オリーブオイル……大さじ2
ニンニク……2片（薄切り）
ムール貝（生）……1.5kg
（丁寧に洗って、足糸を取り除く）
白ワイン（辛口）……200ml
みじん切りのイタリアンパセリ……
ひとつかみ

料理は複雑である必要はない。ときには、ひとつの鍋でできる簡単な料理で充分なこともある。昔ながらのこのフランス料理はそれを体現していると言えるだろう。焼きたての香ばしいパンを添えて、ワインとニンニクが香るソースを一滴残らず拭ってほしい。

作り方

1. 大きめの鍋にオリーブオイルを入れて熱し、ニンニクをくわえて、こんがりするまで30秒ほど炒める。ムール貝（貝が割れているものや、叩いても閉じないものは捨てる）とワインをくわえる。

2. 蓋をして、ときどき鍋を揺すりながら、5分ほど蒸し焼きにしてムール貝を開かせる（開かない貝は捨てる）。

3. パセリをくわえ、ひと混ぜして、熱々を召し上がれ。

メインディッシュ

バラール島のグリルド・ロブスター

　第一紀の時代、ベレリアンドの南部のバラール湾にはバラール島があった。トールキンが描いたベレリアンドの地図によると、その島は木の葉のような形で、南側には低い山が連なっている。エルフの伝承では、ウルモがエルダール族をアマン（45ページ参照）へ渡すために使った浮島トル・エレッセアがちぎれて、その島ができたと言われている。宝玉戦争中は、陥落した場所から逃れてきたエルフ——ゴンドリン（31ページ参照）から来たノルドールや、キールダン（21ページ参照）とその民ファラスリム族——の避難場所になった。また、

航海者エアレンディルの船ヴィンギロトをはじめ、エルフがヴァラールに救いを求めて船出をする港でもあった。

　避難してきたエルフは食材を海の幸に頼ったにちがいない。海沿いに住むファラスリムはその手の食事に慣れていただろうが、ゴンドリンからやってきたどちらかといえば贅沢なエルフは、面食らったことだろう。それでも、ロブスターを使ったおいしい料理なら、ノルドールも初めての味に挑戦する気になるはずだ。

材料／4人分
所要時間／25分
バター（常温）……100g
ニンニク……1片（つぶす）
レモン汁……大さじ1
みじん切りのパセリ……たっぷりひとにぎり
みじん切りのチャイブ……たっぷりひとにぎり
茹でたロブスター……2尾
塩、胡椒……適量
（つけあわせ）フェンネルのサラダ、ポテトウェッジ（フライドポテト）

　意外なほど簡単なのに見栄えがするこの料理は、特別な日の食事にふさわしい。コクのあるメインディッシュにするなら、レモン風味のフレンチドレッシングであえたさっぱりしたサラダを添えよう。クリーミーなソースを拭って食べられるように、フランスパンを添えるのもお忘れなく。

作り方

1. ボウルにバター、ニンニク、レモン汁、ハーブ類、塩と胡椒を入れて混ぜる。ラップで包んで、転がして棒状に形を整え、ラップの両端をひねって密封する。冷凍庫に5分ほど入れて、冷やし固める。

2. ロブスターの爪をはずし、出刃包丁などで殻を割り、身を取りだす。

3. ロブスターを縦半分に切り、頭部の中を冷水で洗い、爪肉を詰める。

4. 切り口を上にしてグリル皿に置き、1のバターをスライスしてのせる。

5. 予熱したグリルで5〜7分焼いて、中まで火を通す。サラダとフライドポテトを添えて召し上がれ。

ラウターブルンネンのマスのオーブン焼き

さけ谷（霧の山脈のふもとにあるエルフの隠れ里）は、スイスのラウターブルンネン渓谷からも着想を得ている。ラウターブルンネン渓谷は泉と滝で有名なベルン州にあるアルプスの急峻な谷で、いわば風光明媚な"大地の溝"だ。1911年、若き日のトールキンはその谷を歩き、水彩画を描いた。それがのちに、エルロンドの緑の隠れ谷として物語にも絵画にも描かれることになる。さらに、"多くの泉"や"音の鳴り響く泉"という意味のラウターブルンネンをもじって、さけ谷を流れる川をブルイネン（ラウドウォーター）と名づけた。

ラウターブルンネン渓谷の川にはたくさんのマスがいる。そこから着想を得て、爽やかな風味のこの料理ができあがった。

材料／4〜6人分
所要時間／30分
オリーブオイル……大さじ3
マス(大)……1尾(1.5kg)
(3枚におろす)
レモン……1個(薄切り)
ハーブ各種……ひとにぎり
(みじん切り)
塩……適量

タルタルソース
マヨネーズ……大さじ6
ケイパー……小さじ2
(水気を切って、粗みじん)
青ネギ……1本(みじん切り)
グラニュー糖……小さじ1
粒マスタード……小さじ1
(仕上げ用)レモン汁……適量
(仕上げ用)ディル……ひとにぎり
(みじん切り)

すぐにでも夕食が食べたい！　そんなときには上品なマスの料理を作ろう。春なら新ジャガイモとアスパラガスのバター焼きを、夏なら新鮮なサラダを添えるといいだろう。それなら見た目も満点だ。

作り方

1. オーブン用の天板にオリーブオイルの一部を塗り、マスの切り身1枚を皮目を下にして置く。塩少々をふり、レモンスライスをのせて、ハーブをちらす。もう1枚の切り身に塩をふり、皮目を上にしてのせ、崩れないようにたこ糸で縛って、残りのオリーブオイルをかける。

2. 220℃に予熱したオーブンで25分ほど焼き、中まで火を通す。

3. （マスを焼いているあいだに）タルタルソースの材料を混ぜあわせて、器に入れる。焼きあがったマスにタルタルソースを添える。

メインディッシュ

シーアスパラガスとブリームのはさみ焼き

第一紀が終わりに近づくと、ベレリアンドにあるエルフの地のほとんどが滅亡して、海に沈み、灰色山脈の縁にあるリンドンと呼ばれるあたりだけが残った。いくつかの山はリンドン沖の大海ベレガイアに浮かぶ小島になった。フェアノールの長男マエズロスの砦があったヒムリングも、そういった島のひとつになった。

西にある島々は、かつての王国と英雄を思い出させる切ない場所だったはずだ。第二紀には、エルフとヌーメノールの人間は島に渡って、遠い昔の出来事や祖先に思いを馳せたのだろう。そんなときには、島の海岸にしばし留まって、魚を釣り、砂利の浜でシーアスパラガスをとって、ベレガイアに沈む夕陽を眺めながら、おいしい夕食を作ったにちがいない。

材料／4人分
所要時間／1時間20分
ジャガイモ（マリスパイパーなど澱粉質が多いもの）……750g（薄切り）
オリーブオイル……大さじ6
刻んだタイム……大さじ1
ブリーム（切り身）……4枚
（1枚約150g）
プロシュート……75g（みじん切り）
ベルギーエシャロット……2個
（みじん切り）
レモンの皮……1個分（すりおろす）
シーアスパラガス……200g
塩、胡椒……適量

シーアスパラガスは海藻の一種で、海岸や干潟に生えている。魚店や大きなスーパーマーケットに行けば手に入る。塩気があって、シャキシャキと歯応えがあり、魚料理との相性は抜群だ。肉厚のブリームと合わせれば格別な一品ができあがる。

作り方

1. ボウルにジャガイモ、オリーブオイルを大さじ4、塩と胡椒を少々、タイムを入れて混ぜる。オーブン皿に移し、平らに広げる。アルミホイルで蓋をして、190℃に予熱したオーブンで、ジャガイモがやわらかくなるまで30分ほど焼く。

2. よく研いだ包丁で、ブリームに飾り包丁を入れる。プロシュート、ベルギーエシャロット、レモンの皮、胡椒少々を混ぜて、2枚のブリームではさむ。開かないようにたこ糸で縛り、それぞれを2等分する。

3. 1のジャガイモの上に2の魚を並べ、蓋をせずにオーブンに入れて、魚にしっかり火が通るまで20分ほど焼く。

4. 魚のまわりにシーアスパラガスをちらし、残りのオリーブオイルをかけてオーブンに戻しいれ、5分焼く。

三つの指輪

　エルフの黄金期といえば、"星々の時代"（二つの木の時代）だろう。怒りの戦いが起こり、ベレリアンドが崩壊したとはいえ、第一紀はエルフの文化と文明が大きく花開いた。その後の時代のミドルアースでは、エルフは西方でちりぢりになり、力は衰え、多くの者が海を越えたところにあるアマンへと旅立った。そういった時代を経て、人間による"支配"が強まったことも相まって、エルフたちは衰えゆく民族であることを自覚し、自分たちの"時代"が終わりを告げようとしているのを痛感させられた。こういった流れから、第二紀にケレブリンボールが"三つの指輪"（ネンヤ、ナルヤ、ヴィルヤ）を作ったのは、エルフのリーダーたちが民族としての力と美を固守するための決死の試みだったと、トールキンは言いたかったのかもしれない。

　ここでご紹介する三つのレシピは、三つの指輪をイメージした三種のカレーで、それぞれの指輪の特徴を鮮烈な風味で表現した。このカレーが与えてくれる閃（ひらめ）きがあれば、ともに食事をする仲間と力を合わせて、冥王を倒し、"一つの指輪"による支配を断ち切れるはずだ。

メインディッシュ

ネンヤのタラとココナッツのカレー

"三つの指輪"の中で保存の力がもっとも強いのは、ネンヤと呼ばれる"水の指輪"だ。その指輪には銀に似たミスリルのバンドに金剛石（ダイアモンド）が埋めこまれている。ネンヤを託されたガラドリエルは、その指輪の力を使って、森林の地ロスローリエンを守った。それによって、ロスローリエンは時の流れから切り離され、永遠に栄えるはずだった。だが、"一つの指輪"が破壊されてネンヤが力を失うと、ロスローリエンは徐々に衰退していったのだった。それでは、ガラドリエルの銀白色の指輪をクリーミーで鮮やかなカレーで表現することにしよう。コブミカンとパクチーの葉の深い緑色によって、白さがひときわ際立つカレーだ。

材料／4人分
所要時間／20分
ピーナッツオイル……大さじ1
クミンパウダー……小さじ2
コリアンダーパウダー……小さじ2
青唐辛子……2個
（種を取って、薄切り）
シナモンスティック……1本
スターアニス……1個
コブミカンの葉……6枚
ココナッツミルク……400ml
タラ（切り身・皮なし）……4枚
（1枚約150g）
ライムの搾り汁……1個分
（お好みで）パクチー……適量

エプロンを着けてから30分でテーブルに料理を並べたければ、このレシピが役に立つ。すばやく作れて、おいしいものが食べたい——そんな平日の夕食にはこれしかない。このカレーを作って、バスマティ米か玄米を炊けば、他には何もいらないのだ。使う魚は白身魚であれば、タラでなくてもかまわない。

作り方

1. 熱した鍋にピーナッツオイルをひき、スパイス類とコブミカンの葉を2分ほど炒めて、香りを立たせる。
2. ココナッツミルクをくわえて、弱火で5分煮る。
3. タラをくわえて、4～6分煮て魚に火が通ったら、ライムの搾り汁をくわえる。
4. お好みでパクチーをちらす。

メインディッシュ

ナルヤのレッドカレー

　ナルヤはルビーが埋めこまれた"赤い指輪"だ。"炎の指輪"と呼ばれることもある。ケレブリンボールはその指輪を船造りのキールダンに託したが、その後、キールダンはミドルアースでの任務に役立ててほしいとガンダルフに渡した。他の指輪と同じように、ナルヤの主な力は保持と保護だ

が、キールダンがガンダルフにそれを渡したのは、圧政に抵抗し、耐え抜く力があるからだ。炎と縁のあるこの指輪は、花火やドラゴン、そして、最後に炎の悪鬼バルログ族と戦う魔法使いにふさわしい。というわけで、炎を思わせる指輪にちなんで、タイ風のレッドカレーを作ることにしよう。

材料／4人分
所要時間／35分
ピーナッツオイル……大さじ1
タイ風レッドカレーペースト……
大さじ2〜3
ターメリックパウダー……小さじ1
オールスパイスパウダー……
小さじ¼
牛赤身肉……500g（薄切り）
ココナッツミルク……400ml
ビーフのスープストック……250ml
ナンプラー……大さじ3
パームシュガー、またはきび砂糖
……50g
タマリンドペースト……大さじ4〜5
塩、胡椒……適量
（仕上げ用）パプリカ（赤）……½個
（千切り）
（仕上げ用）青ネギ……2本（みじん切り）

　30分あればフライパンひとつで作れるこのレシピで、エキゾティックで本格的なタイカレーを味わってほしい。クリーミーなココナッツミルクをくわえれば、辛さがやわらいで、深みと調和が生まれる。このカレーと炊きたてのジャスミンライスか白米があれば、他には何もいらない。

作り方

1. 鍋を熱してピーナッツオイルをひき、カレーペースト、ターメリック、オールスパイスを入れて、香りが立つまで中火で3〜4分炒める。
2. 牛肉をくわえて4〜5分炒め、ココナッツミルク、スープストック、ナンプラー、砂糖、タマリンドをくわえる。弱火で10〜15分煮て、牛肉に火を通す。
3. 塩と胡椒で味を調え、水分が足りなければ、少量のスープストックか水を足す。
4. 深めの皿によそって、赤パプリカと青ネギをちらし、ライスを添えてテーブルに並べる。

ヴィルヤのピラフ

金のバンドにサファイアが埋めこまれた"青の指輪"は、第二紀のあいだエルフの上級王ギル＝ガラドが持っていたが、その後、エルロンドの手に渡った。ガラドリエル同様、エルロンドもその指輪の力（三つの指輪の中でもっとも強力な力）を、さけ谷の王国を守るために使ったにちがいない。これからご紹介する黄金のピラフは、黄金の指輪はもちろんのこと、さけ谷の美しさも写しとっている。トールキンがエルフの隠れ谷の美を見事な水彩画に写しとったように。

材料／4人分
所要時間／40分
（置いておく時間は除く）

ピーナッツオイル……大さじ1
タマネギ……1個（みじん切り）
ターメリックパウダー……小さじ1
クミンシード……大さじ1
赤唐辛子（乾燥）……1本
シナモンスティック……1本
クローブ……3個
カルダモン（ホール）……小さじ½
（つぶす）
バスマティ米……225g（とぐ）
赤レンズ豆（乾物）……125g
（水でゆすぐ）
野菜のスープストック……600ml
みじん切りのパクチーの葉……
大さじ6
塩……適量

ビーガンのためのヘルシーな料理といえば、米とレンズ豆のコンビネーションが見事なこの料理をおいて他にない。甘口が好みなら、最後にカラントかサルタナレーズンをひとにぎりくわえて、テーブルに並べよう。

作り方

1. 鍋を中火で熱してピーナッツオイルをひき、タマネギを入れて6〜8分炒める。タマネギがしんなりしたら、スパイス類をくわえて、2〜3分炒めて香りを立たせる。
2. 米とレンズ豆をくわえ、さらに2〜3分炒める。
3. スープストックとパクチーをくわえ、塩で味を調えて煮立たせる。火を弱め、蓋をして10〜12分ほど煮る。あるいは、米と具が水分をすべて吸うまで煮る。
4. 火を止めて、蓋をしたまま10〜15分蒸らす。
5. 底から大きくかき混ぜてから、皿によそう。

メインディッシュ

闇の森のキジ肉のブラックベリーソースがけ

この料理もエルフの王の館でよく食べられていたはずだ。秋になって、闇の森を横切るエルフの秘密の小道にキイチゴがたわわに実る頃に、こんなシンプルな食事が供されたことだろう。トールキンの物語で、エルフの子供たちに出会う機会はほぼないが、それでも、"エルダール族の結婚に関する法律とならわし"に関するエッセイで、トールキンはエルフの子供についてもきちんと触れている。それによると、エルフの子供は人間の子供とよく似ているが、成長も老化もはるかにゆっくりで、喜びの感情と好奇心を持ちつづけ、"子供時代の最初の春に長居して"、100歳まで大人にならないとのことだ。だとしたら、ブラックベリーを摘むのはエルフの子供たちの役目だったにちがいない。のどかな自然の中で、のんびりと子供時代を楽しんだのだろう。

材料／4人分
所要時間／25分
バター……15g
キジ肉……1羽
(もも肉2枚と胸肉2枚に切りわける)
ブラックベリー……75g
レッドカラントのジャム……大さじ5
塩、胡椒……適量

肉厚のジビエとブラックベリーはそもそも相性がいい。それゆえに、シンプルで手早く作れるこの料理がこれほどおいしいのだ。クリーミーなマッシュポテトや、蒸したケールやキャベツを添えれば、極上のソースの甘味がいちだんと引きたつ。

作り方

1. フライパンを中火で熱し、バターを入れて溶かす。
2. キジ肉に塩と胡椒をふり、1のフライパンで4〜5分焼く。途中で裏返し、両面に焼き色をつけて、中まで火を通す(胸肉に比べて、もも肉は火が通るのにやや時間がかかる。肉の厚い部分をナイフで刺して、出てきた肉汁が透きとおっていれば、中まで焼けている)。
3. ブラックベリーとレッドカラントのジャムをくわえて混ぜ、ジャムをなじませる。
4. 肉にブラックベリーのソースをかけて、熱々を召し上がれ。

ナルゴスロンドのローストチキン

トールキンのエルフは高地の森や港町だけでなく、ドワーフのように山のふもとや渓谷の奥深くの地下都市にも住んでいる。もしかしたらトールキンは、古代スカンジナビアの神話に出てくる地中深くに住む闇のエルフから、着想を得たのかもしれない。エルフの中でもノルドール族は、鍛冶仕事や宝石作りに長けていて、ドワーフと親交がある。

地下都市ナルゴスロンドに暮らすエルフは、何を食べていたのだろう？　その都市が築かれた切りたった渓谷には、ナログ川が流れているから、そこでとれた魚を食べていたのかもしれない。それにくわえて、周囲の森で狩った動物やとってきた植物も食べていたはずだ。ひょっとしたら、地下王国の洞穴のひとつを養鶏場にしていたのかもしれない。というわけで、スパイシーな鶏料理を作ってみよう。つけあわせは、ナルゴスロンドの財宝を思わせる色鮮やかな豆のサラダだ。

材料／4人分
所要時間／1時間10分
鶏もも肉、または骨付きもも肉……
8枚
クミンシード、フェンネルシード、タイム(乾燥)……各小さじ1
シナモンパウダー……小さじ1/4
スモークパプリカパウダー……
小さじ1/2
ヒマワリ油、トマトピュレ、酢……
各大さじ1
マスコバド糖(ダーク)……大さじ2
パイナップル缶のシロップ……
大さじ2

豆のサラダ

パイナップル(缶詰)……227g
(みじん切りにして、シロップは取っておく)
ブラックアイビーンズ(黒目豆)……
400g
パクチー……適量(みじん切り)
紫タマネギ……1/2個(みじん切り)
パプリカ(赤)……1個(種を取って角切り)
ライムの皮…1個分(すりおろす)
ライムの搾り汁……1個分

甘くてねっとりとしたこの鶏料理は、風味豊かでパンチが利いている。週の半ばに、戸棚の奥にしまいこんだ材料を使い切るのにうってつけの料理だ。

作り方

1. 鶏肉の筋に2～3カ所切れ目を入れて、オーブンの天板に並べる。

2. シード類を粗くつぶし、残りの材料と混ぜて、鶏肉の上に広げる。

3. 天板に大さじ4の水を入れ、180℃に予熱したオーブンで40分焼く (時々、流れでた肉汁をスプーンですくって鶏肉にかけ、鶏肉にこんがりと焦げ目がついて、流れでる肉汁が透明になれば焼きあがり)。よく切れるナイフで、鶏肉を切りわける。

4. (鶏肉を焼いているあいだに) 豆のサラダを作る。パイナップル缶のシロップの残りをボウルに入れ、サラダの材料をすべてくわえて、よく混ぜる。スプーンに山盛りいっぱいすくって、鶏肉に添える。

メインディッシュ

アヴァリの鹿肉のモロッコ風煮込み

トールキンの物語は、ミドルアースの北西部が主な舞台になっている。エルフも人間も徐々に西へと移り住んだのだが、発祥の地はその巨大な大陸の東の端だ。にもかかわらず、東部や南部の描写は曖昧だ。おまけに、トールキンがそのあたりにつけた地名のほとんどがあまりにもそっけない。羅針盤が示す方角をほぼそのまま使っているのだ。南の地域を指すハラドとはシンダール語で"南"を意味し、東の地域を指すリューンは"東"という意味だ。そういった場所にも冥王サウロンの臣下となった人間など、さまざまな者が住んでいる

はずなのに、地図ではがらんとした空白の地が広がっているだけだ。

アヴァリ——大いなる旅に出ることを拒んだエルフ（72ページ参照）——もそこで暮らしていたはずだ。東方の巨大な森や丘陵地帯に隠れ住むアヴァリは、アマンへ旅立ったエルダールのような知識や技術は身に着けられなかったが、歌や狩り、機織りや陶芸に秀でていた。もしかしたら、アヴァリは常日頃から、東洋のスパイスと甘いドライフルーツをたっぷり使った料理を食べていたのかもしれない。

材料／4人分
所要時間／2時間15分
鹿肉……750g（角切り）
タマネギ……1個（みじん切り）
ニンニク……1片（つぶす）
クミンパウダー……小さじ1
シナモンパウダー……小さじ1
ジンジャーパウダー……小さじ½
ターメリックパウダー……小さじ1
チキンのスープストック……500ml
トマトピュレ……大さじ2
ダークブラウンシュガー……小さじ1
ドライアプリコット……75g
プルーン……50g
アーモンドスライス……50g
（ローストする）

秋を思わせる甘くてスパイスの利いたこの料理は、作り置きができて、とても便利だ。ヨーグルトをかけて、クスクスや玄米やキヌアなど、好みのつけあわせと一緒にテーブルに並べよう。アレンジするなら、鹿肉の代わりにラムの肩肉を使うといい。それなら、煮込み時間は45分で済む。

作り方

1. 大きめの鍋を中火で熱し、油（分量外）をひいて、鹿肉を炒める（肉はいっぺんに入れず、数回に分けてくわえる）。肉をすくって、皿などに移す。

2. タマネギとニンニクを鍋に入れて2〜3分炒め、スパイス類をくわえて混ぜたら、さらに1分炒める。

3. 肉を戻しいれ、スープストック、トマトピュレ、砂糖をくわえて、煮立たせる。火を弱め、蓋をして1時間半煮込む。

4. ドライフルーツをくわえて、蓋をせずに、肉がやわらかくなるまで弱火で30分煮る。

5. 皿に盛り、アーモンドスライスをちらす。

ケレゴルムの鹿肉のステーキ

『ニーベルンゲンの歌』やヴォルフラム・フォン・エッシェンバッハの『パルチヴァール』などの叙事詩や騎士道物語に出てくる中世の高貴な貴族と、トールキンが描くエルフ、特にノルドールには共通する部分が多い。ノルドールは第一に戦士であり、なおかつ、中世の領主や淑女と同じ趣味を持っている。宴に興じ、歌を口ずさみ、詩を吟誦して、何よりも狩りをする。

　ノルドールの狩りの達人といえば、フェアノール（61ページ参照）の三男ケレゴルムだろう。ケレゴルムはヴァリノールにいた頃、ヴァラール（66ページ参照）の狩人オロメ（89ページ参照）と親しくなり、猟の相棒としてオオカミ狩りの大きな猟犬フアンを贈られた。ベレリアンドでは弟のクルフィンとともに、ヒムラド（冷涼なる平原）を治め、森や荒れ野で鹿やイノシシを狩った。狩りから戻った兄弟の宴では、仕留めた鹿肉のステーキが供されたにちがいない。歌や音楽が奏でられ、ケレゴルムの足元にはフアンが座っていたのだろう。

材料／4人分
所要時間／40〜55分
鹿のサーロイン……750g
粒胡椒ミックス……75g（つぶす）
ジュニパーベリー（スパイス）……
大さじ2（つぶす）
卵白……1個分（軽く泡立てる）
塩……適量

　粒胡椒とジュニパーベリー（杜松果）の衣をつけたこの鹿肉の料理をおいしく作るコツは、焼いてから休ませて、肉汁を閉じこめることだ。だから、すぐに切りわけたくなる衝動には、決して屈してはならない。お勧めのつけあわせは、サヤマメ、レッドカラントのジャム、フライドポテトや茹でたジャガイモだ。

作り方

1. （調理にとりかかる前に）鹿肉がグリルに入るかどうか確認し、大きい場合は半分に切る。
2. 浅い大皿に粒胡椒、ジュニパーベリー、塩を入れて混ぜる。
3. 鹿肉を卵白に浸し、2のスパイスをまんべんなくまぶす。
4. 予熱したグリルに入れ、表、裏、両側の側面をそれぞれ4分ずつ焼く。肉を返すときに、まぶしたスパイスが取れないように注意する。
5. 薄く油脂を塗ったオーブン用天板に肉を移して、200℃に予熱したオーブンで焼く。焼き時間は、レアなら15分程度、ウェルダンなら30分程度だが、肉の厚みによって時間は前後する。
6. 焼きあがった鹿肉を数分間休ませてから、スライスして食卓に並べる。

オロメの煮込んだ鹿肉のパイ

　トールキンが描いたヴァラールの中で、エルダールと特に深い縁があるのは、狩人であり森の王でもあるオロメだ。オロメはミドルアースの東の果ての星空の下で、モルゴスの下僕を狩っているときに、"最初に生まれた者たち"（目覚めたばかりのエルフ）を見つけ、西方への"大いなる旅"に導いた。トールキンはオロメを創造するにあたって、現実世界の神話や数々の民間伝承の人物からヒントを得た。たとえば、オロメはヴァラローマという角笛を携えているが、北欧神話の神ヘイムダルは朗々と鳴り響く角笛ギャラルホルンを持っていた。また、ギリシア神話の狩りの名人オリオンや、イギリスのハーンをはじめとする"ワイルド・ハンツマン"（ヨーロッパの民話に登場する亡霊の群れの首領）は、夜通し馬を駆って、悪を懲らしめた。

　モルゴスの下僕を狩ることに執念を燃やすオロメだが、歩き疲れたエルフたちと焚き火を囲んで食事をともにするような心優しい一面もあったはずだ。そんなときには、エルフのために鹿肉を持ってきて、自ら腕をふるって、おいしい煮込み料理を作ったにちがいない。

⇒ 作り方は次のページ

メインディッシュ

材料／4〜5人分
所要時間／8時間半〜10時間半
バター……25g
オリーブオイル……大さじ1
鹿肉……750g(角切り)
タマネギ……1個(みじん切り)
中力粉……大さじ2
赤ワイン……200ml
ラム、またはビーフのスープストック
……250ml
ビーツ(中)……3個
(皮を剝いて、1cmの角切り)
レッドカラントのジャム……大さじ1
トマトピュレ……大さじ1
ジュニパーベリー(スパイス)……
10個(粗くつぶす)
タイム……3枝
ローリエ……1枚
冷凍パイシート……1枚(約200g)
(艶出し用)溶き卵……適量
塩、胡椒……適量

　ボリューム満点の冬の煮込み料理を作ろう。スロークッカーで作る煮込み料理に、サクサクのパイ生地をのせれば特別な一品になる。ローストしたパースニップ(シロニンジン)やベビーキャロットを添えれば申し分ない。もっと手軽に作りたければ、パイ生地を省いて、ミントをちらしたマッシュポテトや茹でたジャガイモを添えよう。

作り方

1. 必要に応じて、スロークッカーを低温で予熱する(説明書の指示にしたがう)。

2. 大きめのフライパンを熱し、バターとオリーブオイルを溶かして、鹿肉を数切れずつ入れる。すべて入れたら、かき混ぜながら炒め、全体にこんがりしたら、鹿肉をスロークッカーに移す。

3. フライパンにタマネギを入れ、しんなりするまで5分ほど炒める。

4. 小麦粉をくわえて、ひと混ぜし、ワインとスープストックをくわえて混ぜる。

5. ビーツ、レッドカラントのジャム、トマトピュレ、ジュニパーベリー、タイムを2枝、ローリエをくわえ、塩、胡椒で味を調えて、煮立たせる。鹿肉が入ったスロークッカーに注ぎ、蓋をして、弱火で8〜10時間煮る。

6. パイシートをスロークッカーの鍋の口と同じぐらいの円形に延ばし、余分な部分を切り落とす。延ばしたパイ生地を油脂を塗った天板に置き、縁にナイフで飾りをつける。切り落としたパイ生地を木の葉の形に切ってのせる。刷毛で卵を塗り、残りのタイムの葉をちらして、塩をふる。220℃に予熱したオーブンで、パイ生地がふくらんでこんがりするまで20分ほど焼く。

7. スロークッカーの中身をひと混ぜしてから、皿に盛りつける。パイ生地を楔形に切ってのせる。

メインディッシュ

インディスのニンジンとリンゴとナッツのロースト

ご承知のとおり、エルフはビーガンでもなければベジタリアンでもない。それでも、ヴァラのヤヴァンナ（"果実をもたらす者"という意味）を心から慕うヴァンヤール族やライクウェンディ族などは、野菜中心の食事をしているようだ。動物の命を尊んで、森でとれる果実やナッツ、野菜で料理をしているのだろう。

ここでは、インディスの名を冠した料理を作ることにしよう。インディスは、ヴァンヤールの王であり、すべてのエルフの上級王であるイングウェの姪で、ノルドールの上級王フィンウェと短くも悲しい結婚生活を送った。夫がメルコール（モルゴスの元の名前）の手にかかって命を落とすと、インディスはふたりの娘のうちひとりを連れて、ヴァリノールにいる一族のもとへ戻った。フィンゴルフィン（53ページ参照）をはじめ他の三人の子供たちは、"ノルドール族の逃亡"にくわわった。

材料／4人分
所要時間／1時間
菜種油……大さじ3
タマネギ……1個（みじん切り）
パプリカ（赤）……½個（みじん切り）
セロリ……1本（みじん切り）
ニンジン……1本
（皮を剥いて、粗くすりおろす）
チェスナッツマッシュルーム（ブラウンマッシュルーム）……75g
（石づきを切り落として、みじん切り）
青リンゴ……1個
（芯を取って、すりおろす）
酵母エキス……小さじ1
生パン粉……50g
ナッツ（ピスタチオ、皮剥きアーモンド、焼き栗など）……75g（みじん切り）
マツの実……大さじ2
みじん切りのイタリアンパセリ……大さじ2
みじん切りのローズマリー……大さじ1
全粒粉……大さじ1
パートフィロ……8枚

色とりどりの野菜、甘酸っぱいリンゴ、歯応えのあるナッツ、芳しいハーブをパリッとしたフィロに包んでみよう。ビーガン料理だが、肉好きの人も納得のおいしさだ。サヤインゲンやローストしたミニトマトを添えて食卓に並べてほしい。

作り方

1. 熱したフライパンに大さじ1の菜種油をひき、弱火でタマネギ、パプリカ、セロリを5分ほど炒める。ニンジンとマッシュルームをくわえて、さらに5分炒め、野菜に火を通す。

2. 火からおろし、すりおろしたリンゴ、酵母エキス、パン粉、ナッツ、マツの実、パセリ、ローズマリー、全粒粉をくわえてひと混ぜし、塩と胡椒で味を調えて、よく混ぜる。

3. 1枚のパートフィロに菜種油を塗り、その上にもう1枚のフィロを重ねる。フィロの端に2のフィリングの¼量をのせて、くるくると巻きあげて、巻き終わりをとじ、とじ目を下にして天板に置く。同じように残りのフィロでフィリングを巻いて、合計4本のフィロロールを作り、残った菜種油を表面に塗る。

4. 190℃に予熱したオーブンで20分ほど焼く。フィロがこんがりと色づき、パリッとしたら焼きあがり。

スランドゥイルの牛肉の煮込み

緑森大森林（闇の森）に住むエルフは、エルフの中でもとりわけ食欲旺盛のようだ。『ホビット』で、ビルボとその仲間が初めて闇の森のエルフに出会ったとき、そのエルフたちは焚き火を囲み、切り倒した木に腰を下ろして、肉を焼き、酒を飲んでいた。その様子はミドルアースの辺境の地の光景というより、ボーイスカウトのキャンプを思わせる。そのエルフの王は本書にもすでに登場したシンダール族の領主のスランドゥイルだ。レゴ

ラスの父でもあるスランドゥイルは、浮世離れした存在ではなさそうで、赤ワインに目がない（157ページ参照）。子供の頃からビクトリア時代の妖精のエルフに慣れ親しんできたトールキンだったが、それとはかけ離れた世俗的なエルフを描いたらしい。

となれば、牛肉とワインを使った食べ応えのある料理が、エルフの王の館でも喜ばれるにちがいない。

材料／4人分
所要時間／10時間半〜11時間半
オリーブオイル……大さじ2
煮込み用牛肉……625g
（脂身を切り落とし、角切り）
ベーコン……100g（角切り）
ベルギーエシャロット（小）……
300g
ニンニク……3片（みじん切り）
中力粉……大さじ1
赤ワイン……150ml
ビーフのスープストック……300ml
トマトピュレ……大さじ1
ミックスハーブ、またはドライのブーケガルニ……小さめひと束
塩、胡椒……適量
（仕上げ用）パセリ……適量（みじん切り）

スロークッカーはすばらしい調理道具だ。簡単な下ごしらえは必要だが、材料をすべて鍋に入れてしまえば、ほったらかしで、じっくりと調理してくれる。その間、好きなことをして過ごせるのだ。この料理は食べ応えがあるので、他にはライスやマッシュポテトがあれば充分だ。さらに、上質なインゲンマメがいくらかあれば完璧だ。

作り方

1. 必要に応じて、スロークッカーを低温で予熱する（説明書の指示にしたがう）。
2. 大きめのフライパンを強火で熱して、オリーブオイルをひき、牛肉を少しずつ入れて、こんがりするまで5分ほど炒める。牛肉をすくって、スロークッカーに移す。
3. フライパンにベーコンとベルギーエシャロットを入れ、ベーコンがこんがりするまで中火で2〜3分炒める。
4. ニンニクと小麦粉をくわえ、ひと混ぜしたら、ワイン、スープストック、トマトピュレ、ハーブをくわえて、塩と胡椒で味を調え、かき混ぜながら煮立てる。
5. スロークッカーに4のソースをすべて注ぎ、蓋をして、肉がやわらかくなるまで10〜11時間煮る。
6. かき混ぜて、仕上げにパセリをちらす。

メインディッシュ

サルマールの豚肉とマッシュルームのパスタ

　トールキンは一生の大半を伝説空間の創作に費やした。いくつもの段階を踏んで発展させたせいか、数々の物語の中には、ミドルアースも含めて曖昧な箇所や未解決のままの事柄、謎がたくさん残されている。トールキン作品を完成させようと一心に努力した息子のクリストファ・トールキンでさえ、すべてを解決することはできなかった。

　そのひとつが、主人ウルモのために法螺貝から大角笛ウルムーリを作ったマイアール族のサル

マールだ。サルマールという名前が『シルマリルの物語』に出てくるのは一度だけで、その後はすっかり忘れ去られたかのようにどこにも見当たらない。というわけで、サルマールをはじめ、トールキンの世界の探索をより楽しいものにしてくれる影の立役者や、置き去りにされた数々の事柄に敬意を表して、コンキリエ（貝の形のパスタ）を使った料理を作ろう。

材料／4人分
所要時間／40分
オリーブオイル……大さじ2
タマネギ……1個（みじん切り）
ニンニク……1片（みじん切り）
豚挽肉……450g
トマトピュレ……大さじ1
白ワイン（辛口）……250ml
熱いチキンのスープストック……
150ml
マッシュルーム……150g
（石づきを切り落として、みじん切り）
生クリーム（乳脂肪分48%）……
75ml
コンキリエ……400g
パルメザンチーズ……25g
（すりおろす）
塩、胡椒……適量
（仕上げ用）イタリアンパセリ……適
量（みじん切り）

　グラスにワインを注いだら、パルメザンチーズをたっぷりかけた風味満点のパスタを味わってほしい。パスタはコンキリエでなくてもかまわない。リガトーニ、ペンネ、オレキエッテなど、中が空洞で、濃厚なソースがよくからむものを選ぼう。

作り方

1. 大きめのフライパンを熱して、大さじ1のオリーブオイルをひく。タマネギを数分炒めてしんなりしたら、ニンニクと挽肉をくわえる。スプーンの背などで挽肉を崩しながら、こんがりするまで5〜10分炒める。

2. トマトピュレをくわえ、ひと混ぜしたら1分ほど煮る。ワインをくわえ、半量ぐらいになるまで煮詰める。スープストックをくわえて10分煮る。

3. 別のフライパンを熱し、残りのオリーブオイルをひく。マッシュルームを3分ほど炒め、火が通ってこんがりとおいしそうに色づいたら、2の挽肉のソースのフライパンにくわえ、生クリームもくわえて軽く混ぜる。

4. （ソースを作っているあいだに）大きな鍋に水を入れて沸騰させ、少量の塩をくわえ、パスタをアルデンテに茹でる（パッケージに記された茹で時間にしたがう）。茹で汁を少し取りわけてから、パスタの湯を切り、鍋に戻して、3のソースとパルメザンチーズをくわえて混ぜる。味を見て、濃すぎるようなら、取りわけておいた茹で汁をくわえ、塩と胡椒で味を調える。

5. 皿に盛りつけ、パセリとパルメザンチーズ（分量外）をふりかける。

イノシシのソーセージ

　トールキンは首尾一貫した言語学者であり、文献学者でもあった。学校を卒業する頃には、(授業で学んだ)基本的なラテン語、ギリシア語、フランス語、イタリア語、スペイン語、ドイツ語はもとより、古英語、中世英語、古代ゴート語、古代スカンジナビア語、中世ウェールズ語など、さまざまな言語を習得していた。その後、オックスフォード大学のアングロ・サクソン語の教授として、さらに多くの言語を身に付けた。

　その上、実際に使われている言語や過去に使われていた言語など、現実の言語だけでは飽き足らず、早い時期から独自の言葉を創りあげた。中でもクウェンヤ語とシンダール語は、現実の言語と同じように、いくつかの段階を経て進化させていった。ひとりの人間の機知と想像力を駆使して、文法、語彙、音声学、正書法などが複雑な層をなす豊かな言語を完成させたのだった。

　それを考えれば、初期のクウェンヤ語で"イノシシ"を意味する言葉が"úro and karkapolka"であることも納得できる。その言葉の後半部分の"karkapolka"はクウェンヤ語の"牙"と"豚"を合わせたものであり、後期クウェンヤ語では"carcapolca"と書く。というわけで、友達にこの料理を出して、なんという料理かと尋ねられたら、karkapolkaと答えても、carcapolcaと答えてもどちらも正解だ。

96

材料／4人分
所要時間／1時間
イノシシのソーセージ……8本
(525g)
オリーブオイル……大さじ2
タマネギ……1個(みじん切り)
赤ワイン……150ml
ビーフのスープストック……600ml
クランベリーソース……大さじ2
トマトピュレ……大さじ1
ローリエ……2枚
ジャガイモ……300g
(2.5cmの角切り)
ニンジン……2本(2cmの角切り)
トマト……250g(粗いみじん切り)
紫キャベツ……250g(千切り)
緑のレンズ豆(缶詰)……1缶(400g)
(水でゆすいで、水気を切る)
塩、胡椒……適量

　大量の皿洗いから逃れたいなら、お鍋ひとつでできる温かい鍋料理を作ろう。野菜とレンズ豆をたっぷり使ったおいしくてバランスの良い食事なら、誰もが喜ぶのはまちがいない。イノシシのソーセージはちょっと……というのなら、鹿肉のソーセージを使おう。

作り方

1. 中火で予熱したグリルで、ソーセージを5分ほど焼く（中まで火を通す必要はなく、表面にこんがりと焼き色をつける）。
2. （ソーセージを焼いているあいだに）直火用のキャセロール、または底の厚い鍋を中火で熱し、オリーブオイルをひいて、タマネギをしんなりするまで4〜5分炒める。
3. 赤ワイン、スープストック、クランベリーソース、トマトピュレ、ローリエをくわえて、塩と胡椒で味を調え、かき混ぜながら煮立てる。
4. ジャガイモ、ニンジン、トマト、紫キャベツ、ソーセージをくわえ、蓋をして、ソーセージとジャガイモが煮えるまで30分ほど煮込む。レンズ豆をくわえて、さらに5分煮る。スープ皿によそって、召し上がれ。

さけ谷の仔羊のロースト

トールキンのエルフはどんな生き物なのだろう？　それは作者の描き方や、作者が意図した読者層によって変化する。『ホビット』は冒険と喜劇とおとぎ話の要素を盛りこんだ子供向けの物語なので、エルフにもユーモアが感じられる。ビルボとガンダルフとドワーフたちはさけ谷のエルロンドの館の手前で、歌いながら焚き火で料理をするエルフの一団に出くわす。その隠れた谷に住むエルフはほとんどがノルドールで、高尚な種族だ。だが、『指輪物語』に登場するノルドールに比べると、ずいぶん世俗的に描かれている。口ずさむ

歌は支離滅裂で、揶揄するのが得意ときている。ソーリン一世の立派なひげまで笑いものにするのだ。

そんな軽薄さを持ちながらも、ドワーフが大部分を占める新参者を親切にもてなして、野外での夕食に招きいれる。いっぽう、ドワーフたちはエルロンドの館ならもっとおいしいものが食べられると考えて、エルフの誘いをそっけなく断った。だが、私たちはその場に留まって、陽気なエルフと夕食をともにしよう。この仔羊のローストが食べられるなら、そのほうがいいに決まっている。

材料／4人分
所要時間／1時間45分
パプリカ(赤)……2個
(種を取って、半分に切る)
ワイルドライス……50g(茹でる)
ニンニク……5片(みじん切り)
セミドライトマト……5個(みじん切り)
イタリアンパセリ……大さじ2
(みじん切り)
ラムのもも肉(骨なし)……625g
(観音開きにする)
アーティチョーク……4個(半分に切る)
塩、胡椒……適量

仔羊のローストをイタリア料理風にアレンジしてみよう。ワイルドライス、ジューシーなセミドライトマト、パプリカ、たっぷりのニンニクを合わせれば、感動するほどおいしい料理の完成だ。

作り方

1. オーブン皿にパプリカを入れ、180℃に予熱したオーブンで、皮が黒く焦げるまで20分ほど焼く。濡らしたキッチンペーパーをかぶせて冷ます。手で触れるぐらいまで冷めたら、皮を剝いて、みじん切りにする（その間、オーブンは180℃に保っておく）。

2. 1のパプリカ1個分、ワイルドライス、ニンニク、トマト、パセリを混ぜあわせ、塩と胡椒で味を調える。

3. ラム肉に切り込みを入れて、詰め物をするための深い穴をあけ、半分まで裏返して、2を詰める。裏返した部分を元に戻して、開かないように串などで留める。

4. オーブンに入れ、こまめに肉汁をすくって肉にかけながら1時間焼く。残り15分になったところで、アーティチョークと残りのパプリカをオーブンに入れて、一緒に焼く。焼きあがったラム肉を薄切りにして、熱々を召し上がれ。

エルフの狩猟採集

　農業が発達するまでの何百万年ものあいだ、人類は上手に狩猟採集をおこなってきた。木の実、果実、木の根、植物の葉、卵、海鮮物を集め、死んだ動物の肉を手に入れて、やがて、生きた動物を狩るようになった。また、初期の人類は森や林で食用の植物を育てる"森の菜園"なるものを利用して、自然の食料庫を作りあげた。そうやって、食料を安定して確保しようとしたのだ。約1万2000〜1万1000年前の新石器時代（"農業革命"とも呼ばれる時代）以降も、人間は農産物の不足分を狩猟や採集で補ったが、やがて狩猟は上流階級の者だけがおこなうようになっていった。

　ミドルアースの東の果てで生まれたトールキンのエルフも、最初は狩猟採集民だった。内海ヘルカールの入江にあるクイヴィエーネンの岸辺の森で、果実や木の実を集め、海の幸をとって食べていた。トールキンはエルフが誕生したこの時代を、無垢で豊かな過ぎ去った時代として描いている。エルダールのエルフも同じように感じていて、その思いを"クイヴィエーネンはもう戻らない"と表現している。クイヴィエーネンがエデンの園と重ねあわせて描かれているのはまちがいない。どちらも欲するものや必要なものを自然が与えてくれて、失われた故郷への郷愁の念を抱かせる。

　西へ向かう大いなる旅で、エルフは狩猟採集生活を送っていたはずだ。移動しながら、見ず知らずの土地で食料を確保するのは大変で、ヴァラである

オロメから与えられた携行食（クウェンヤ語で"コイマス"）が頼みの綱だった。アマンにたどり着いたエルフは、ヴァラールのヤヴァンナやその従者から農業を教わったらしい。ベレリアンドに留まったエルフの中でも、森の王国ドリアスのシンダール族は、マイアール族のメリアンやひょっとするとエント女から"森の菜園"を教えられ、実践したのだろう。かたや、ファラスリム（ベレリアンド沿岸のテレリ族）は腕のいい漁師になった。時代が進んでも、ミドルアースのシンダール族のエルフは狩猟採集を続けながら、森の小さな空き地でコイマス（またの名をレンバス）の材料になる穀物を育てるなど、ごく小規模な農業をおこなっていたようだ。また、いったんはヴァリノールに渡ったものの、亡命してミドルアースに戻ったノルドールにとって、狩猟は貴族的な趣味になったらしい。ちなみに、トールキンのエルフにも明らかに有力な一族がいて、世襲制度があったようだが、社会的な階級に関してはほとんど触れられていない。

『指輪物語』ではエルフがどのようにして食料を調達していたのかはほとんど描かれていないが、末つ森でホビットが食べたエルフの食事や、その後のロスローリエンでの食事を見れば、狩猟採集にしろ森の菜園やごく小規模な農地にしろ、エルフが自分たちを取り巻く自然を充分に理解して、自然とともに生きることで食料を得ていたのがよくわかる。

みんなで食べる
ごちそう

FEASTING & SHARING

エルフはもとより、ミドルアースの住人はしょっちゅう宴を開いて、みんなでごちそうを食べている。もちろん、現実の世界でも大昔からみんなで集まってごちそうを食べてきた。高名なアングロ・サクソン研究者だったトールキンは、さまざまな社会同様、ゲルマン民族の社会でも、宴とごちそうによって他者とつながり、連帯感が生まれ、絆を強めていたのをよく知っていた。みんなで食べるごちそうは、結束と仲間の象徴なのだ。主人と客、身内とよそ者、さらには友と敵でさえ結びつける。アングロ・サクソンの文化では、食べ物と飲み物が供される広間こそが、円滑に機能して繁栄する社会の要だった。

トールキンのエルフが生きるベレリアンドは、アングロ・サクソン時代のイングランドやバイキング時代のスカンジナビアを写しとっている。そこでは対立や敵といった脅威がありながらも、血縁と結婚によって王と王国の複雑なネットワークが築かれる。裏では緊迫した関係が続いていたとしても、ノルドールの王フィンゴルフィンが開いた"再会の宴"（120ページ参照）のように、エルフにとって宴は互いの意見のちがいを丸く収めて、新たな同盟を築くためのひとつの手段だった。

それでは、エルフの宴のごちそうを作るとしよう。アルウェンの結婚式の料理にしろ、エグラディルでとれたズッキーニのフリッターにしろ、どれも友達や家族が喜ぶごちそうばかりで、もしかしたら、敵のひとりやふたりは手なずけられるかもしれない。食べ物は最高の仲裁役で、食べ物を分かちあえば、自分たちは同じ人間で、仲間だと実感できる。いや、エルダール族なら、自分たちは同じエルフの仲間だと思える。では、トールキンのファンならではのエルフの言葉で乾杯しよう――アルミエン！

ヴァリノールのジャガイモ料理

ホビットのサム・ギャムジーなら、とっつぁん（サムの父親）の庭で育てた掘りたての"じゃが"に郷愁を感じるにちがいない。とはいえ、ジャガイモの原産地はおそらくヴァリノールだ。ご存じのとおり現実の世界では、野生のジャガイモは約1万年前に、現在のペルーのあたりでアメリカ先住民によって栽培されるようになった。14〜15世紀のインカの時代になると、ジャガイモはその地の主食になり、乾燥させたり、発酵させてトコシュにしたりと、一年を通じて保存され、利用された。現在、ペルーだけでも何種類ものジャガイモがあり、色も大きさもさまざまで、それはとっつぁんの夢をはるかに超えている。

もしかしたら、ヴァリノールの宴で出されていたのは、シンプルなジャガイモの大皿料理かもしれない。伝説の黄金の都インカ帝国のクスコにも似たヴァリノールの都ヴァルマールで、ヴァラールとエルフは城壁の下の平原に集って、その料理を食べたにちがいない。大海を渡る旅のあとで、サムはほんもののごちそうを味わうことになる。

材料／6人分
所要時間／15分
（ジャガイモを焼く時間は除く）
ジャガイモ（大）……6個
（オーブンで焼いて、冷ましておく）
チェダーチーズ……150g
（すりおろす）
オリーブオイル……大さじ1

サワークリームのディップ
サワークリーム……200g
ニンニク……1片（つぶす）
みじん切りのチャイブ……大さじ1
塩、胡椒……適量

熱々で歯応えのあるチーズ風味のポテトスキンと、チャイブをちらしたクリーミーなディップを嫌いな者がいるだろうか？　食前の飲み物と一緒に出せば、あっというまになくなるはずだ。時間がなければ、市販のザジキ（ヨーグルトにすりおろしたキュウリ、ニンニク、オリーブオイル、塩、胡椒をくわえたディップ）やサルサを用意しよう。

作り方

1. ボウルにディップの材料を入れて混ぜ、塩と胡椒で味を整える。

2. 冷ましておいたジャガイモを4等分して、スプーンで中身をかき出す（ここではかき出した中身は使わない。別の料理に利用しよう）。

3. 別のボウルにジャガイモの皮を入れ、オリーブオイルを注ぎ、手で丁寧に混ぜる。

4. グリル皿に皮が下になるように並べ、予熱したグリルで2分焼く。皮を裏返し、1枚ずつ少量のチーズをふりかけて、さらに2分ほど焼いて、チーズをとろけさせる。

5. 焼きたてにディップを添えて、召し上がれ。

エグラディルでとれたズッキーニのフリッター

『指輪物語』でケレボルンとガラドリエルは、旅の仲間を送りだすために、エグラディル（アンドゥイン川とケレブラント川にはさまれた三角地帯）の草地で別れの宴を開いた。ロスローリエンの領主と奥方が滞在中の客と食事をするのはこの一度きりだが、そこで出された料理や飲み物にトールキンはまったく触れなかった。それはおそらく、この場面が主にフロドの目を通して描かれているからだろう。そのときのフロドはこれから始まる冒険の旅で頭がいっぱいで、食べ物や飲み物をほとんど口にしないのだ。となれば、旅の仲間の目の前にどんな料理が並んだのか、自由に想像するしかあるまい。

ズッキーニのフリッターはいかにもエルフが好みそうな料理だ。新鮮で極上の食材をシンプルに調理して、旨みを最大限に引きだしている。これを食べれば、頭上にそびえるマッロルンの木や、足元で咲き乱れるエラノールの金色の花が目に浮かぶだろう。

材料／8人分
所要時間／30分
ズッキーニ……8本
（ヘタを切り落として、粗めにりおろす）
セルフライジングフラワー……
大さじ8
パルメザンチーズ……80g
（すりおろす）
オリーブオイル……大さじ4

外はカリッと香ばしく、中はとろりとやわらかい。このズッキーニのミニサイズのフリッターは、大勢で食べる軽食にうってつけだ。焼きたてをサワークリームのディップ（104ページ参照）やスイートチリソースと一緒にテーブルに並べよう。みじん切りのミントをくわえるのもいいだろう。パルメザンチーズの代わりに、フェタチーズを使うのもお勧めだ。

作り方

1. チーズおろしなどで粗めにすりおろしたズッキーニを、清潔な布巾などで包み、絞って水気を切って、ボウルに入れる。

2. 小麦粉とパルメザンチーズをくわえてよく混ぜ、クルミ大に丸めて、軽くつぶす。

3. 熱してオリーブオイルをひいた深めのフライパンで、2〜3分両面がこんがりするまで焼く。

コイマス（携行食）

　ミドルアースを西へと横断してヴァリノールへ向かうエルフに、オロメが与えたのがレンバス（携行食）で、その原形がコイマスだ。コイマスとはクウェンヤ語で"命の糧"という意味で、その名のとおりエルフの長い旅になくてはならない栄養源だった。そのパンはヤヴァンナが育てた穀物で作られ、神聖な食料でもあったらしい。その点でも、約束の地カナンに向かう40年間の荒れ野の旅で、神がイスラエルの民に与えた食べ物マナによく似ている。

材料／3個分
所要時間／40分（発酵時間は除く）

パン生地

ぬるま湯……200ml+200ml

インスタントドライイースト……
大さじ1

中力粉……1kg

温めた牛乳……200ml

オリーブオイル……50ml

卵(L玉)……1個

グラニュー糖……小さじ1

塩(微粒)……小さじ1

フィリング

モッツァレラチーズ……100g
(すりおろす)

フェタチーズ……100g(くずす)

カイエンペッパー……ひとつまみ

卵(L玉)……3個

(艶出し用)卵……1個(溶きほぐす)

　ふんわりしてもちっとしたパンと、とろりととろけたチーズ、半熟に焼いた卵が見事なハーモニーを奏でるお惣菜パンを作ろう。少し手間がかかるが、作るだけの価値があるのは保証する。

作り方

1. 小さなボウルにぬるま湯200mlを入れ、イーストをくわえる。

2. 大きなボウルに、残りのパン生地の材料をすべて入れて混ぜ、1のイースト液をくわえる。手、または機械で、なめらかな延びのいい生地になるまで捏ねる（生地の状態を見ながら、200mlのぬるま湯を適宜足していく）。

3. 生地を入れたボウルにラップなどで蓋をして、温かい場所で2時間ほど発酵させる。

4. (発酵中に)フィリング用の2種類のチーズとカイエンペッパーを合わせて、混ぜておく。

5. 軽く打ち粉(分量外)をした台の上にパン生地を取りだして、軽く叩いてガスを抜き、3つに切りわける。油脂を塗ったラップをかぶせて、15分休ませる。

6. パン生地をそれぞれ楕円に延ばし、周囲を2.5cmほど残して、フィリングを置く。舟形になるように生地の両端をくっつけて、オーブンシートを敷いた天板に並べる。

7. 生地に溶き卵を塗り、200℃に予熱したオーブンで12～15分焼く。

8. オーブンから取りだし、フィリングに指で浅い窪みを作り、卵を割りいれる。卵が好みの硬さになるまでオーブンでさらに3～4分焼く。

星明かりのタブーリ

トールキンのエルフは星と星の光に深い縁がある。"最初に生まれた者たち"はまだ月や太陽がない世界で、星空の下で目覚め、星明かりだけで長い年月を過ごした。ヴァラのオロメは初めてエルフと出会うと、エルフを"星の民"を意味する"エルダール"と呼んだ。空に太陽と月があらわれてもなお、エルフは星の光を愛し、親近感を抱いた。エルフの乙女ルーシエンの描写からも、それが見て取れる。月の出にドリアスの森で踊るルーシエンをベレンが初めて見たとき、そのエルフの目は"星降る夜のように灰色"だったのだ。

トールキンはエルフの祖先を夜行性の生き物として描き、邪悪なものと結びつけられがちな夜のイメージをくつがえした。そうすることで、星空を平和や調和、神聖なものと結びつけたのだ。それでは、宝石のように美しい白ザクロを使ったシンプルな料理を作ることにしよう。ザクロの種はミドルアースの上に広がる満天の星だ。

材料／4人分
所要時間／15分(冷ます時間を除く)
ブルグル(乾燥挽き割り小麦)……300g
みじん切りのパクチー、パセリ、ミントの葉……各大さじ4
トマト……2個(角切り)
エキストラバージンオリーブオイル……大さじ3
赤ワインビネガー……大さじ3
白ザクロ……100g
塩、胡椒……適量

風味豊かなこの中東風のサラダには、みじん切りにした緑のハーブとブルグルを使った。ぜひとも、焼いた肉や魚に添えて、食べてほしい。白ザクロが手に入らなければ、赤いザクロでかまわない。

作り方

1. パッケージに書かれた指示にしたがって、ブルグルを茹でる(または、湯で戻す)。湯を切り、サラダボウルに入れて、常温に冷ます。

2. パクチー、パセリ、ミント、トマト、オリーブオイル、酢をくわえて軽く混ぜ、塩と胡椒で味を調え、白ザクロをちらす。

アラゴルンとアルウェンの結婚式のムサカ

材料／4人分
所要時間／1時間10分
オリーブオイル……大さじ5
タマネギ……1個（みじん切り）
ニンニク……2片（みじん切り）
ズッキーニ……500g（角切り）
マッシュルーム……250g
（それぞれ4つに切る）
パプリカ（赤）……1個
（ヘタと種を取って、角切り）
パプリカ（オレンジ）……1個
（ヘタと種を取って、角切り）
トマトの水煮（カット・缶詰）……2缶
（1缶400g入り）
ローズマリー……2枝
（枝から葉をこそぎ落とす）
タイム……大さじ½（みじん切り）
グラニュー糖……小さじ1
ナス……2個（薄切り）
卵……3個
ギリシアヨーグルト……300g
ナツメグパウダー……たっぷり
ひとつまみ
フェタチーズ……75g（すりおろす）
塩、胡椒……適量

風味豊かで味わい深く、色とりどりの野菜が層をなすこのムサカには、ベシャメルソースの代わりに、クリーミーなヨーグルトとフェタチーズを使うことにした。だから、ベジタリアンも安心して食べられる。ガーリックブレッドとサラダ、さもなければ、茹でたケールやホウレンソウを添えてテーブルに並べよう。

作り方

1. 熱したフライパンに大さじ1のオリーブオイルをひき、タマネギを5分ほど炒める。タマネギが軽く色づいたら、ニンニク、ズッキーニ、マッシュルーム、パプリカをくわえて、2〜3分炒める。
2. トマトの水煮、ローズマリー、タイム、グラニュー糖をくわえ、ひと混ぜして、塩と胡椒で味を調える。
3. 火を強め、沸騰したら蓋をして、弱火で15分ほど煮る。ナスとトッピングをくわえても余裕がある大きさのオーブン皿に移す。
4. （3を煮ているあいだに）きれいなフライパンを熱し、大さじ2のオリーブオイルをひいて、半量のナスを焼く。ナスに火が通って両面がこんがりしたら、3の上に並べる。残りのナスも同様に焼いて並べる。
5. ボウルに卵、ヨーグルト、ナツメグ、少量の胡椒を入れて混ぜ、4に注ぐ。フェタチーズをちらして、180℃に予熱したオーブンで30〜35分焼く。

トールキンは作家として主に叙事詩と神話をモチーフにした物語を書いた。『ホビット』や『指輪物語』はもとより『シルマリルの物語』も、男同士の友情、勇気、忠誠心など、男性的な武士道精神が大きなテーマとなっている。いっぽうで、ベレンとルーシエン、エアレンディルとエルウィング、ファラミルとエーオウィン、アラゴルンとアルウェンなどの恋愛物語によって、ロマンスの要素も色濃く感じられる。もちろん、サム・ギャムジーとお百姓の娘ローズ・コトンのラブストーリーもそのひとつだ。『指輪物語』はビクトリア朝文学のように、争いと不安のときを経て、平和と秩序を取り戻し、にぎやかな結婚式で幕を閉じる。

その点で、第三紀3019年夏至の日のドゥーネダインの王アラゴルンと半エルフの王女アルウェンの結婚は、とりわけ象徴的な役割を担っている。指輪戦争の終結後のふたりの結婚は、新たな時代の到来を告げ、ミドルアースの西方の国々や民族が和解する。その結婚によって、第一紀の破滅的な終結へとつながった悲劇的な出来事のひとつ、ふたりの祖先であるベレンとルーシエンの結婚が報われたと言ってもいいだろう。

ミナス・ティリスの広間で開かれたアルウェンの婚礼の宴では、喜びに満ちた料理がふるまわれたことだろう。新鮮な野菜や香り高いハーブなど、地中海の食材にも似たゴンドールの極上の産物をふんだんに使った料理だ。明るい新時代の幕開けに、再統一王国の王と女王の結婚を祝おうではないか。

メレス・アデルサドのパエリア

お祝いの料理をもうひとつご紹介しよう。鮮やかな色合いと濃厚な風味の料理に、せっかちな客もテーブルに吸い寄せられるにちがいない。この料理の名前は、第一紀が始まってまもない頃にノルドールの王フィンゴルフィンが開いたメレス・アデルサド（再会の宴）にちなんでいる。ベレリアンドのすべてのエルフ（ノルドールとシンダール）がその宴に集い、調和と友情の輪が広がり、冥王モルゴスの脅威から解き放たれて、そこから平和と友好の時代が始まるかのように思える。だが、ご存じのとおり、物事は思いどおりには進まない。

一見、全員の心が通じあったかのように思えるが、実はその裏に対立が潜んでいるのだ。そういった祝宴は『ニーベルンゲンの歌』やアーサー王の冒険物語など、神話や叙事詩にもよく出てくる。だが、それはさておき、あなたが開く宴では、この料理のおかげですべてが順調に進むだろう。

材料／4人分
所要時間／45分
オリーブオイル……大さじ4
タマネギ……1個（みじん切り）
サフラン……ひとつまみ
アルボリオ米……225g
野菜のスープストック……1.2ℓ
細いアスパラガス……175g
（硬い部分を切り落として、長さ5cmに切る）
青ネギ……1束（千切り）
プラムトマト（中玉）……175g（半分に切る）
冷凍グリーンピース……125g
アーモンドスライス……大さじ3
（ローストする）
みじん切りのイタリアンパセリ……
大さじ3
塩……適量

スペインの伝統料理パエリアをベジタリアンも食べられるようにアレンジすれば、みんなで分かちあえる最高のごちそうになる。大皿に山盛りにしたパエリアをテーブルの真ん中に置いて、これまた大盛りのサラダを添えて、さあ、みんなで食べよう。

作り方

1. 底が厚い大きなフライパンを熱し、大さじ1のオリーブオイルをひいて、タマネギとサフランを中火で炒める。絶えずかき混ぜながら5分ほど炒め、タマネギがしんなりして茶色く色づいたら、米をくわえてよく混ぜ、塩で味を調える。

2. スープストックをくわえて沸騰させたら、火を弱めて蓋をする。ときどきかき混ぜながら、米がスープをすべて吸い、芯に火が通るまで、20分ほど煮る。

3. （米を煮ているあいだに）別のフライパンを温めて、残りのオリーブオイルを入れ、中火でアスパラガスと青ネギを5分ほど炒める。アスパラガスに火が通り、うっすらと色づいたら、フライパンから取りだす。同じフライパンにトマトを入れる。片面が焼けたら裏返して、2〜3分焼いて火を通す。

4. 2の米にグリーンピースをくわえて、さらに2分ほど煮る。アスパラガス、青ネギ、トマトをくわえて、さっくりと全体を返し、アーモンドスライスとパセリをちらす。

みんなで食べるごちそう

大いなる旅の食料・野外料理

　トールキンの描くエルフにはそれぞれ家や故郷があるが、基本的には各地を転々とする旅人であり、さまよい人だ。『指輪物語』に初めて登場したエルフの一団は、ホビット庄の静かな森を旅していた。大自然の中で眠り、料理をして、それを食べていたのだ。

　エルフの物語は"大いなる旅"から始まる。まだ太陽も月もない時代に、最初に生まれた者たちの多くがヴァラールの命にしたがって、ミドルアースの東の果てから西の果てを目指して旅立ったのだ。ヘルカラクセ（53ページ参照）を渡る"ノルドール族の逃亡"、ベレリアンドでの戦争中のエルダールの離散など、エルフの長い歴史の中で旅は幾度となく繰り返される。

　ヴァラールはエルフの大いなる旅を助けるために、ヤヴァンナが育てた穀物で作ったコイマス（108ページ参照）という携行食を与え、その後、エルフはコイマスに似たレンバスを作った。とはいえ、エルフはレンバスだけでなく、狩りや採集で得た食べ物で腹を満たしたにちがいない。というわけで、大いなる旅をヒントにした選りすぐりの料理をご紹介しよう。自宅の庭でバーベキューをしながら、エルフの星空の下での冒険の旅に思いを馳せてほしい。

　夏といえばなんといってもバーベキューだ。温かい日差しと光あふれる夕刻、友達との笑い声、直火で焼いたおいしい料理。これからご紹介する料理でわくわくするバーベキューを始めよう。スパイスが利いたチキン、ミント風味のラムのケバブ、レモン味のサバ、カラフルな野菜の串焼き。そこにハーブのタブーリを添えれば、誰もが喜ぶのはまちがいない。あとは冷たい飲み物があれば完璧だ。

ナンドールのバーベキュー・チキン

　大いなる旅に出たエルフだったが、その一部が旅から脱落した理由については、『シルマリルの物語』はもちろんのこと、さまざまな作品に記されている。ある者は霧の山脈といった行く手を阻む大自然に恐れをなし、また、ある者はミドルアースの美しさに胸を打たれたのだ。レンウェに率いられたテレリ族も途中で旅をやめたエルフで、大河アンドゥインに沿って南へ向かい、アンドゥインの谷間の森に住み着いた。それゆえに"引き返したる者たち"を意味する"ナンドール"と呼ばれようになり、のちに一部の者はロスローリエンに移り住むことになる。

　もしかしたら、ナンドールはアンドゥインの森に定住した頃から、木の上に家をつくるようになり、それがロスローリエンの樹上の邸宅へと変化していったのかもしれない。ナンドールは木工が得意で、弓矢の扱いにも長けていた。それをヒントに思いついたのが、その日の狩りで手に入れた肉で作る森の晩餐にふさわしい料理だ。ここでは鶏肉を使うが、キジの胸肉を使えばさらに本格的だ。

　芳しい煙がゆらゆらと梢へと立ちのぼり、星空に溶けていく……。ベレリアンドにたどり着いたエルフたちのその後の運命を考えれば、ナンドールの選択はまちがいではなかったのかもしれない。

材料／6人分
所要時間／20分
（漬けておく時間は除く）
鶏もも肉（皮なし）……500g
（細切り棒状に切る）
ニンニク……2片（つぶす）
皮を剝いて、すりおろしたショウガ
……小さじ2
赤唐辛子（バードアイ）……1本
（種を取って、みじん切り）
ライムの皮……1個分（すりおろす）
薄口醤油……大さじ2
ゴマ油……大さじ1
グラニュー糖……小さじ1
黒胡椒……小さじ¼
レモングラスの茎（大）……6本

作り方

1. 浅めの陶器の皿に鶏肉を入れ、レモングラス以外の材料を混ぜこんで、1時間ほど漬けておく。

2. レモングラスの茎の外側を剝いて、捨てる。細くなったレモングラスの先端を切って尖らせて、鶏肉に縫うように差しこむ。熱したバーベキューグリルか予熱したグリルで、鶏肉にマリネ液を塗りながら、片面を3〜4分ずつ焼く。熱々を召し上がれ。

ベレガイアの焼きサバ

テレリ族はベレガイアの海岸に着いたのが遅かったせいで、大海を渡れず、浮島のトル・エレッセア（45ページ参照）でウルモが戻ってくるのを待つしかなかった。マイアール族のオッセと親しくなったテレリ族は、海を慈しんだことから"海のエルフ"と呼ばれるようになった。海はエルフが初めて目覚めたヘルカールの内海を思い出させたのかもしれない。

星空の下で、打ち寄せる波の音を聞きながら、焚き火を囲み、ウルモの帰りを待っているテレリ族を思い描いてみよう。テレリは歌うたいとしても名高く、その歌声はうねる海の波音と溶けあったことだろう。そうして、ときには魚をとって、焚き火で炙って食べたにちがいない。だとしたら、ようやくウルモが戻ってきたにもかかわらず、テレリ族の多くがミドルアースに留まることにしたのも不思議はない。

材料／4人分
所要時間／20分
サバ……4尾（約400g）
オリーブオイル……適量
レモン……3個（薄切り）
塩、胡椒……適量

作り方

1. よく切れる包丁でサバの両面に3〜4カ所切り込みを入れる。刷毛でオリーブオイルを塗り、塩と胡椒をすりこむ。サバの両面にレモンスライスを3個ずつたこ糸で縛りつける。レモンにオリーブオイルを塗り、温めておいたバーベキュー用のグリル、または予熱したグリルで、両面に軽く焦げ目がつき、中にきちんと火が通るまで4〜5分焼く。火から下ろして、5分ほど休ませる。

ヴァンヤール族のラム肉のバーベキュー

トールキンの作品を読んで、ノルドールの物語やテレリの物語、ベレリアンドでの戦争の物語に引きこまれるにつれ、ヴァンヤールと呼ばれる金髪のエルフのことをつい忘れそうになる。だが、エルフの中でヴァンヤールだけが、本当の意味で大いなる旅をほぼ成し遂げたと言えるだろう。アマンの海岸にたどり着いたばかりか、ついにはヴァリノールの首都ヴァルマールに移り住み、ヴァラールとともに二つの木の光を浴びながら暮らしたのだ。

ごくわずかなヴァンヤール族を除けば、そのエルフのことは読者にはほとんど明かされていない。だが、どのエルフよりヴァンヤールはひとつ所に落ち着いて、穏やかに暮らした。気高く美しいエルフでありながら、ヴァリノールの豊かな大地で作物を育て、羊や牛を飼って、質素に暮らしたのだ。一日の仕事を終えると、野外で食事をしたことだろう。草地で肉を焼き、蜂蜜酒のようなミルヴォール（エルフの強壮飲料）を飲んで、優美な詩を口ずさんだにちがいない。

材料／4人分
所要時間／15分
（冷やす時間は除く）
ラムのもも肉の挽肉……500g
タマネギ(小)……1個(みじん切り)
ニンニク……1片(つぶす)
刻んだローズマリー……大さじ1
アンチョビ(オイル漬け)……6切れ
(油をきって、刻む)
塩、胡椒……適量
オリーブオイル……適量

作り方

1. オリーブオイル以外の材料をすべてボウルに入れて混ぜ、ひとまとめにする。12等分して、ソーセージの形に成形し、冷蔵庫で30分ほどしっかり冷やす。

2. 金串に刺して、オリーブオイルを薄く塗り、バーベキューコンロか予熱したグリルで片面を3～4分焼く。裏返して3～4分焼いて、中までしっかり火を通したら、焼きたてを召し上がれ。

エルド・ルインの野菜の串焼き

西の大海ベレガイアの海岸にたどり着くために、エルフはいくつかの山脈を越えなければならなかった。二つ目の大きな山脈がエルド・ルイン（青の山脈）で、それを越えた星空の下には、当時は何もなかったベレリアンドの大地が広がっていた。青の山脈は霧の山脈よりは小さいとはいえ、それでも難所であることに変わりなかった。

コイマスというすばらしい携行食（108ページ）

を与えられてはいたが、その山脈にさしかかる頃には、エルフの手持ちの食料は乏しくなっていたはずだ。不足分を補うために、エルフは山地の森や草原で山菜やハーブをとって、一日の終わりに焚き火で炙って食べたにちがいない。ローズマリーの爽やかな香りに元気が湧いてきたことだろう。長い旅路もまもなく終わる、と。

材料／4人分
所要時間／30分
（置いておく時間は除く）
オリーブオイル……大さじ3
刻んだローズマリー……大さじ1
ズッキーニ……2本
（厚めにスライスする）
パプリカ（赤・大）……1個
（種を取って、4等分する）
マッシュルーム……16個
（石づきを切り落とす）
ミニトマト（大きめ）……16個
塩、胡椒……適量
ザジキ（市販品）……適量

作り方

1. 大きめのボウルにオリーブオイル、ローズマリー、塩、胡椒を入れて混ぜる。ズッキーニ、パプリカ、マッシュルーム、ミニトマトをくわえてよく混ぜ、15分ほど置いておく。

2. 金串に1の野菜を彩りよく刺す。

3. 温めたバーベキューコンロ、または予熱したグリルで、10〜15分焼く（途中で上下を返して、野菜の芯まで火を通す）。

4. 焼きたての野菜にザジキを添えて、テーブルに並べる。

大いなる饗宴と、
エルフの英雄時代

　叙事詩には宴がつきものだ。古代ギリシアの『オデュッセイア』や古代インドの『マハーバーラタ』、フィンランドの『カレワラ』やアングロ・サクソンの伝承『ベーオウルフ』にも宴が登場する。それを思えば、第一紀のミドルアースでの壮大な出来事を収めた『シルマリルの物語』にも、幾度となく宴が出てくるのは当然だろう。世界のどこでも、祝賀、宗教、和解など、さまざまな理由で宴が開かれる。ヴァラールはアルダを築くという大仕事を成し遂げたのを祝って宴を開き、また、エル・イルーヴァタール（至上神）を讃えて"大祝宴"を催した。エルフの世界でも、アマンにあるノルドールの都ティリオンでの宴に、誇らしげにシルマリルを掲げたフェアノールが登場し、また、フィンゴルフィンはベレリアンドの平和と繁栄の時代に、エルフが一堂に会したメレス・アデルサド（再会の宴）と呼ばれる大きな宴を開いた。そういった宴は歓喜にあふれ、にぎやかな音楽と歌と踊りがつきものだったはずだ。だが、残念ながら、そこで供される料理や飲み物についてわかっているのは、蜂蜜酒のようなミルヴォール（エルフの強壮飲料）が出されたことぐらいで、他にはほとんど何もわからない。読者の想像に任されているのだ。

　宴は『ホビット』や『指輪物語』にもよく出てくる。たとえそれが朝食や

簡単な夕食など、気のおけない仲間との食事であっても、読者の記憶にしっ
かり刻まれる。『ホビット』の物語は、ソーリン一世とその仲間がビルボの
大切な食料をあさって、簡単に作れてお腹がいっぱいになる"宴"で始まる。
とはいえ、宴といえばなんといっても、さけ谷や王の広間で催されるエルフ
の宴だ。『指輪物語』の最初のほうに出てくる宴は、ビルボの111歳とフロ
ドの33歳の誕生日を祝う"楽しい宴会"にしろ、その翌年のビルボ不在の中で
開かれたビルボの栄誉を讃える"百二十ポンド（ハンドレッドウエイト）の会"に
しろ、ホームパーティーに毛が生えたようなものだ。その後、ホビットたち
がエルフのさけ谷に行ったあたりから、英雄物語らしい雰囲気が漂いはじめ、
ブルイネンの浅瀬で勝利を祝う"大宴会"が開かれる。

　その後、エルフの国ロスローリエンを離れる際に宴が催され、そうして、
『指輪物語』の最初のエンディングの"ユーカタストロフ"（幸せなどんでん返し）
とアルウェンとアラゴルンの真夏の結婚式で、宴は幕を閉じる。エルフによ
る支配が終わり、人間による支配が戻ってきたことを示すこの祝宴で、エル
フの"大宴会"は終わりを告げるが、エルフが最後の帰郷を果たせば、ヴァリ
ノールで喜びの宴が開かれるにちがいない。

デザートとお菓子

DESSERTS
&
SWEET THINGS

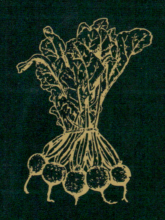

はたしてエルフは甘いもの好きなのだろうか？　ホビットに関しては、ビルボの食料庫にタルトやお菓子がたくさんあったことから、甘いものに目がないと思われる。また、ドワーフに関しても、『ホビット』の冒頭でビルボの家にいきなりやってきたソーリン二世とその仲間の食べっぷりから、甘党なのはまちがいない。トールキンの世界の人間はどうだろうか？　現実の人間を考えれば、言うまでもなく甘いものが好きだ。では、エルフは？　詩と花を愛し、悪と闘う高潔なエルフが、レモンメレンゲパイやシェリー酒たっぷりのトライフル、カスタードの海に浮かぶシロップがけのプディングにかぶりつく姿を想像できるだろうか？

　それはたしかに想像しづらい。だが、自然な甘みなら、エルフの好みに合いそうだ。クウェンヤ語には"甘い味"を意味する"リッセ"という言葉があり、それは主に蜂蜜の甘みを指すらしい。ガラドリエルの哀歌で、その言葉はヴァラールの高殿で注がれる蜂蜜酒を指すものとして使われ、また、エルフの飲み物ミルヴォール（148〜149ページ参照）も蜂蜜酒のような甘みがあるとされている。ベリー類や果樹園でとれるフルーツの甘みも"リッセ"という言葉で表現できそうだ。ギルドールが即席で作った料理を、フロドとピピンとサムがおいしそうに食べたのだから、エルフも自然な甘みを好んだのだろう。

　それでは、蜂蜜と果物を使ったレシピをご紹介しよう。レゴラスのキイチゴのプディング、ヒスルムのタルトなど、蜂蜜と果物が主役のスイーツだ。気高さを忘れずに、でも、たまには自分を甘やかすのも悪くない。

123

メリアンのプラムのコンポートを
添えたチーズケーキ

　贅沢でおいしそうなこのチーズケーキの名前は、マイアール族のメリアンにちなんだものだ。『シルマリルの物語』で、メリアンはベレリアンドにあるサヨナキドリがさえずるナン・エルモスの森で、テレリ族のエルフのエルウェ（シンゴル）と出会った。エルウェは（文字どおり、また、比喩的な意味でも）魔法にかかり、自身の民のことも、ヴァリノールへの旅のことも忘れてしまう。

　ヴァリノールにいた頃のメリアンは、ヴァラールのふたりの女王ヴァーナとエステに仕え、ローリエンの庭でさまざまな果樹の世話をしていた。黒髪に深紅の衣装をまとったメリアンは、トールキンの物語の中でもひときわ魅惑的で、妖艶な登場人物のひとりと言える。森に住む魔女であるメリアンは、アーサー王伝説に出てくる妖精フェイに似ていて、中でもブロセリアンドの森で魔法使いのマーリンに魔法をかけたヴィヴィアン（別名ニミュエ）と共通する部分が多い。

　樹木を愛する魅力的な魔女に似合う果物といえば、プラムだろう。うっとりするほどおいしいこのチーズケーキを食べれば、エルウェが民のことやヴァリノールのことをすっかり忘れてしまったのも仕方ないと思えるはずだ。何をどうしたところで太刀打ちできるはずがない。

材料／6人分
所要時間／1時間
(冷やす時間は除く)
リコッタチーズ……480g
クリームチーズ……425g
卵……2個
バニラエクストラクト……小さじ1
グラニュー糖……125g
オレンジ(小)……½個
クローブ(ホール)……小さじ1
ダークブラウンシュガー……大さじ2
シナモンスティック……1本
水……175ml
プラム(赤)……375g
(半分に切って、種を取る)
レッドカラントのジャム……大さじ2

　香りたつプラムのコンポートをのせたクリーミーなベイクド・チーズケーキには、友人も家族も大喜びするはずだ。一度に食べきれなくても心配はいらない、冷蔵庫に入れておけば、数日はもつ。プラムのコンポートが余ったら、朝食のオートミールのおかゆやヨーグルトのトッピングにしよう。

作り方

1. パウンド型(容量500g)に油脂を薄く塗り、オーブンシートを敷く。
2. ブレンダーにリコッタチーズ、クリームチーズ、卵、バニラエクストラクト、グラニュー糖を入れ、なめらかになるまで攪拌する。1のパウンド型に流しいれ、型よりひとまわり大きなバットなどに入れる。バットに熱湯をパウンド型の2.5cmの高さまで注ぎ、160℃に予熱したオーブンで、軽く焼き色がつくまで40分ほど湯煎焼きする。パウンド型をバットから取りだして、そのまま冷ます。
3. (冷ましているあいだに) オレンジにクローブを刺し、底の厚い鍋に入れ、ブラウンシュガー、シナモン、水をくわえて、火にかける。煮立ったら火を弱め、プラムをくわえる。蓋をして5分ほど煮て、プラムがやわらかくなったら火からおろして、プラムを取りだす。
4. 鍋にレッドカラントのジャムをくわえ、2分ほど煮詰めてとろみがついたら、オレンジとシナモンスティックを取りだす。プラムにシロップをかけ、粗熱が取れたら、冷蔵庫で冷やす。
5. チーズケーキを型からはずし、オーブンシートを剝がして、食べやすい大きさに切りわける。皿によそって、プラムのシロップ煮をのせる。

デザートとお菓子

ドルソニオンのヘザーの蜂蜜のスポンジケーキ

トールキンの物語には蜂蜜がよく出てくる。ミドルアースに暮らす者の多くが養蜂を営んでいるのか、ケーキはもとより、さまざまな料理の甘みに蜂蜜が使われている。もちろん蜂蜜酒造りにも欠かせない。有名な養蜂家といえば、それはもちろん、『ホビット』に登場するビヨンで、自身の毛皮を自在に取り替えるその男に蜂蜜ケーキを作らせたら、右に出る者はいない。

とはいえ、養蜂はもともとエルフがおこなっていたもので、ヴァリノールのヴァラールから教わったと思われる。『指輪物語』でガラドリエルは流浪のエルフを思って哀歌を歌い、"西の彼方の高殿の甘い蜂蜜酒"の思い出と、ミドルアースでは自分の盃（さかずき）が空であることを嘆いている。ガラドリエルの哀歌を朗々と詠みあげるトールキンの録音が残っている。もちろん、それは正真正銘のクウェンヤ語だ。

このお菓子にヘザーの蜂蜜を使ったのは、ベレリアンドの北部ドルソニオンに、森とヘザーが生い茂る荒れ野が広がっているからだ。一時期、そこはノルドールのエルフのアングロドとアエグノールの領土だったが、ダゴール・ブラゴッラハ（俄（にわ）かに焔（ほのお）流るる合戦）で、モルゴスの手に落ちたのだった。

材料／容量1kgのパウンド型
1台分
所要時間／1時間15分
中力粉……125g
全粒粉……50g
ベーキングパウダー……小さじ1
ゴールデン・カスター・シュガー
……大さじ3
ヘザーのハチミツ……125g
バター……125g（常温）
卵……3個（軽く溶きほぐす）
バニラエクストラクト……小さじ1
リンゴジュース……50ml
リンゴ（大）……1個
（皮を剝き、芯を取って、みじん切り）

ぜひともお弁当にしてほしいこのケーキは、蜂蜜のおかげでうっとりするような甘みがある。小さじ1のスパイスミックスやシナモンパウダーをくわえてアレンジするのもいいだろう。リンゴの代わりにナシを使うのもお勧めだ。

作り方

1. パウンド型にオーブンシートを敷く。
2. 大きなボウルに小麦粉とベーキングパウダーをふるい入れ、砂糖、ハチミツ、バター、卵、バニラエクストラクト、リンゴジュースをくわえて混ぜ、リンゴをくわえてさらに混ぜる。
3. 生地をパウンド型に入れて、180℃に予熱したオーブンで1時間焼く。ケーキの中央に竹串を刺して、焼け具合を確かめる。竹串に何もついてこなければ焼きあがり。どろっとした生地がついてきたら、さらに10分焼く。
4. 焼きあがったケーキをケーキクーラーに移して、型からはずし、オーブンシートを剝がして冷ます。
5. 食べやすい大きさに切りわけて、ハチミツ（分量外）をかける。

デザートとお菓子

ガラドリエルのクッキー

　ガラドリエルとクッキーとは、かなり意外な組み合わせだ。だが、よく考えてみよう。フロドが目撃したとおり、ガラドリエルは威厳のある女王で、ノルドールの流浪の民であり、エルフの指輪ヴィルヤ（83ページ参照）を持っている。何千年にもわたるエルフの歴史を生き抜いただけでなく、妻として、母として、友として、思慮深く、思いやりにあふれたエルフの女性だ。そして、旅の仲間との別れ際に、力強く、それでいて素朴な贈り物をする。アラゴルンには緑の石（エルフの石）を、サムにはマッロルンの木の銀色の種をプレゼントしたのだ。"G"の文字が刻まれた灰色の木箱を、かしこまったホビットに渡すとは、ガラドリエルのやさしさが伝わってくる。

　ガラドリエルにもごく普通のエルフの女性に戻って、マッロルンの木の下でのんびりと過ごす一日があったにちがいない。そんな日には、素朴なアーモンドビスケットを焼いて、お付きの者たちと一緒に食べたのだろう。

エルフの料理帳

材料／20個分
所要時間／20分
(冷ます時間は除く)
ポレンタ粉(コーンフラワー)……75g
中力粉……25g
アーモンドパウダー……25g
ベーキングパウダー……小さじ½
粉糖……75g
バター……50g(角切り)
卵黄……1個
オレンジの皮……1個分(すりおろす)
アーモンドスライス……25g

友達がコーヒーを飲みにきたら、焼きたてのクッキーを出そう。口の中でほろりと崩れるオレンジ風味のクッキーがいい。小麦粉を米粉に替えて、グルテンフリーのベーキングパウダーを使えば、グルテン不耐症の人も安心して食べられる。

作り方

1. 2枚の天板にオーブンシートを敷く。
2. フードプロセッサーにポレンタ粉、中力粉、アーモンドパウダー、ベーキングパウダー、粉糖、バターを入れ、そぼろ状になるまで攪拌する。または、大きめのボウルにポレンタ粉、中力粉、アーモンドパウダー、ベーキングパウダー、粉糖を入れて混ぜ、バターをくわえて、指の腹でこすり合わせながらそぼろ状にする。
3. 卵黄とオレンジの皮をくわえて混ぜ、まとまったら、ラップに包んで、冷蔵庫で30分ほど冷やす。
4. 中力粉(分量外)で軽く打ち粉をした台に生地を取りだし、薄く延ばして、直径4cmのクッキー型で抜く。必要に応じて、残りの生地をまとめて延ばし、クッキー型で抜く。
5. 天板にクッキー生地を並べて、アーモンドスライスをちらす。
6. 180℃に予熱したオーブンで、こんがりとおいしそうな焼き色がつくまで8分ほど焼く。オーブンから取りだし、そのまま数分置いて、粗熱を取る。焼きたてのやわらかいクッキーがしっかりしたら、ケーキクーラーに移して冷ます。

デザートとお菓子

テイグリンのヘーゼルナッツとナシのケーキ

トールキンの作品にはハシバミがよく登場し、ミドルアースの荒涼とした大地を行くさまよい人や冒険者、流浪の民はその木にしょっちゅう出くわす。ハシバミは綿毛におおわれた葉と淡い金色の尾状花序、冬に実をつけることで知られていて、種類にもよるが、実はヘーゼルナッツと呼ばれている。ミドルアースに生きる者はみな、昔からその実を集めて、食べていたにちがいない。とりわけ、食料が乏しい時期にはそうしていたはずだ。現実の世界でも、タンパク質が豊富なヘーゼルナッツは保存食になり、また、挽いて粉にして、小麦粉に混ぜるなどして使われてきた。

ベレリアンドのテイグリン川流域にはハシバミが群生している。悲劇的な英雄トゥーリンが、無法者の仲間の首領フォルウェグを殺してリーダーになった場所にも、ハシバミの木が生えていた。

材料／6〜8人分
所要時間／50分
（生地を冷ます時間は除く）

ヘーゼルナッツ……125g
（ローストする）
卵……5個（白身と黄身に分ける）
グラニュー糖……175g
ほどよく熟したナシ……1個
（皮を剥いて、粗くすりおろす）
マスカルポーネチーズ……200g
粉糖……大さじ2
アプリコット……250g
（粗いみじん切り）

ロールケーキは一見むずかしそうだが、実は意外に簡単で、お菓子作りの達成感も味わえる。コツは、巻きあげるときにオーブンシートを使うことだ。このロールケーキは、ナッツが入ったふんわり軽いスポンジ生地に、瑞々しいアプリコットと濃厚なマスカルポーネを合わせた。ディナーパーティーにふさわしい華やかなデザートだ。

作り方

1. 大さじ2のヘーゼルナッツを粗く刻み、残りはみじん切りにする。
2. ボウルに卵黄とグラニュー糖を入れて、泡立てる。すくうと線が残るまで泡立ったら、みじん切りのヘーゼルナッツとナシをくわえて混ぜる。
3. 別のボウルに卵白を入れ、ツノがピンと立つまで泡立てる。大きなスプーンに山盛り1杯分のメレンゲを2にくわえて、しっかり混ぜたら、残りのメレンゲをくわえて、泡を消さないようにさっくり混ぜる。
4. 敷紙を敷いたロールケーキ用天板に生地を流し、180℃に予熱したオーブンで、表面がこんがりと色づいてふんわりふくらむまで15分ほど焼く。乾いた布巾などをかけて、1時間以上冷ます。
5. マスカルポーネチーズに粉糖をくわえ、ホイッパーでよく混ぜる。
6. 作業台に固く絞った濡れ布巾を広げ、その上にオーブンシートを置いて、グラニュー糖（分量外）をちらす。ロールケーキ生地を裏返して置き、ロールケーキ用天板をはずして、敷紙を剥がす。
7. 5を生地に塗り広げて、アプリコットをちらし、下に敷いたオーブンシートごと生地の手前の端を持ちあげて、巻いていく。
8. 巻き終わりを下にして皿に移し、粗く刻んだヘーゼルナッツをちらして、厚めにカットする。

ゴールドベリのコムハニーのクリームをはさんだ
三段パンケーキ

トールキンのファンのあいだでは、トム・ボンバディルとその妻ゴールドベリの謎めいた人となりと出自について、長いあいだ議論が交わされてきた。フロドとその仲間はホビット庄を出てまもなく、そのふたりに出会い、親切にもてなされる。ふたりについてわかっているのは、トム・ボンバディルがエルフたちから"最年長で父なし"と言われていること、そして、ゴールドベリが"川の娘"であることだけだ。もしかしたら、ふたりとも精霊で、それぞれヤヴァンナ（29ページ参照）とウルモ（50ページ参照）に仕えるマイアール族なのかもしれない。また、ゴールドベリはマイアール族の娘であるという説もある。ルーシエンがマイアール族のメリアンとシンダールのエルフのシンゴルの娘であるように、もしかしたらゴールドベリの父親はエルフなのかもしれない。実際、ゴールドベリはルーシエンのように花に囲まれた"若いエルフのプリンセス"の雰囲気を漂わせている。

その出自はともかく、ゴールドベリは自然の恵みと縁が深い。トムがホビットたちを家に招きいれると、そこはまさに理想の家庭だった。ゴールドベリが用意した食卓には、おいしいごちそうがずらりと並び、コムハニーやクリームもあった。そして、窓辺には薔薇の花が咲き乱れていた。

材料／2人分
所要時間／10分
生クリーム（乳脂肪分48%）……60ml
コムハニー（または、シンダートフィー）……30g（細かく割る）
すりおろしたレモンの皮……小さじ1
（お好みで）飴がけしたレモンピール……65g（みじん切り）
レモンカード……150ml
スコッチパンケーキ（市販品）……6枚

三段重ねのおいしいパンケーキを作るのは、いとも簡単、材料を混ぜて、焼くだけだ。野外でおやつに食べるなら、バーベキューコンロで焼いてもいいだろう。ブルーベリーやイチゴやラズベリーのトッピングもお忘れなく。

作り方

1. ボウルに生クリーム、コムハニー、レモンの皮、飴がけしたレモンピール、レモンカードを入れて、しっかり混ぜる。

2. 1のクリームをパンケーキに塗り、もう1枚のパンケーキを重ねてクリームを塗り、さらにもう1枚パンケーキを重ねる。同じように、クリームをサンドした三段重ねのパンケーキをもうひと組作る。

3. 重ねたパンケーキを予熱したグリルに入れて、中火で1〜2分焼き、そっとひっくり返して、1〜2分焼く。外側がこんがりと色づいて、クリームがとろけたら、すぐにグリルから取りだす。熱々を召し上がれ。

ヴァーナのアップルパイ

　トールキンが描いた"アルダの諸力"(神と女神)の多くは、現実の世界の神話の登場人物と関連がある。ヤヴァンナの妹で美しいヴァーナもそのひとりで、ヴァーナが通ると花が咲き、鳥がさえずる。ギリシア神話の豊穣の女神ペルセポネーや、青春の女神ヘーベーにそっくりだ。

　アングロ・サクソンの研究者としてトールキンがいかにも好みそうなのは、古代スカンジナビアの女神イズンとの関連だ。イズンが象徴しているのは"永遠の若さ"で、ヴァーナの別名にもその言葉が使われている。イズンは永遠の若さを約束するリンゴの管理人で、リンゴのおかげで神々は年を取らないのだ。ヴァーナも同じように、黄金の花々と木々の庭園に暮らし、そこに果実がなる木が生えていても不思議はない。そんなヴァーナに敬意を表して黄金のデザートを作るとしよう。果樹園に集った不老不死のエルフたちが、神々しいデザートに舌鼓を打つ姿が目に浮かぶようだ。

材料／6人分
所要時間／45分
リンゴ(調理用)……1kg(約5個)
(4等分して、芯を取り、皮を剝いて、厚めに
スライスする)
グラニュー糖……100g
オレンジの皮……1個分(すりおろす)
ミックススパイスパウダー、またはシ
ナモンパウダー……小さじ½
クローブ(ホール)……3個
冷凍パイシート……400g
(打ち粉用)強力粉……適量
卵……1個(溶きほぐす)

　スパイスの利いた甘いリンゴとサクサクのパイという組み合わせは、昔ながらの家庭の味だ。焼きたてに、クレームフレーシュや濃厚なホイップクリームをたっぷり添えてほしい。いや、スィンベルミュネのアイスクリーム(143ページ参照)を添えるのもいいかもしれない。

作り方

1. 容量1.2lのパイ皿にリンゴを入れる。砂糖、オレンジの皮、ミックススパイス、クローブを混ぜて、リンゴにふりかける。

2. 軽く打ち粉をした台にパイシートを置き、パイ皿よりひとまわり大きく延ばして、端の部分から1cm幅の帯状の生地を2本切りだす。

3. パイ皿の縁に卵を薄く塗り、帯状のパイ生地を張りつけて、その上に卵を塗る。残りのパイ生地をかぶせ、縁を軽く押さえて張りつける。

4. パイ皿からはみ出たパイ生地を切り落とし、ペティナイフでパイ生地の縁に垂直の切り込みを等間隔に入れる(こうすることで、パイ生地がふくらんで、美しい層になる)。

5. 切り落としたパイ生地を延ばして、小さなハート型や丸型で抜く。パイ皿のパイ生地の表面に卵を塗り、ハートや丸のパイ生地を張りつけて、そこにも卵を塗る。

6. グラニュー糖(分量外)をふりかけ、200℃に予熱したオーブンで20〜25分焼く。パイがふくらんで、こんがりと焼き色がついたら焼きあがり。

デザートとお菓子

ヒスルムのタルト

エルフのタルトをもうひとつご紹介しよう。蜂蜜とマツの実を使ったタルトだ。トールキンの作品には、マツの木がよく出てくる。ミドルアースの高地にはたいていマツの木が生えているのだ。第一紀のベレリアンドの北西に位置するヒスルムの地は寒冷で霧が深く、マツの木におおわれた山々に囲まれていた。また、霧の山脈にひっそり佇むさけ谷のまわりにもマツが生い茂り、ビル

ボがドワーフとともにエルロンドの館に近づくにつれて、マツの樹脂の甘い香りに眠気を誘われた。

エルフはヤヴァンナからの贈り物を余すところなく使っていたはずだ。タンパク質と炭水化物が豊富な松の実もそのひとつだ。というわけで、松の実と芳しい蜂蜜を組み合わせて、食べ応えのあるおいしいタルトを作ってみよう。これさえ食べれば、ヒスルムの極寒の寒さも寄せつけない。

材料／8〜10人分
所要時間／1時間20分
甘いタルト生地(市販品または自家製)
……400g
無塩バター(常温)……100g
グラニュー糖……100g
卵(常温)……3個
ハチミツ……175g(温める)
レモンの皮……1個分(すりおろす)
レモン汁……1個分
マツの実……200g

甘い蜂蜜と歯応えのある松の実がバランスよく配されたタルトは、他ではお目にかかれない。アイスクリームやホイップクリーム、あるいはクレームフレーシュをたっぷりのせて、蜂蜜を垂らせば、プロ顔負けのおいしさだ。

作り方

1. 軽く打ち粉をした台の上でタルト生地を薄く延ばして、直径23cmの底が取れるタルト型に敷きこむ。パイ生地にフォークで点々と穴をあけ、オーブンシートをのせてパイウエイトを入れ、190℃に予熱したオーブンで15分ほど空焼きをする。オーブンシートごとパイウエイトをはずして、さらに5分焼く。

2. ボウルにバターとグラニュー糖を入れて、よく混ぜる。卵を1個ずつくわえ、その都度よく混ぜる。ハチミツ、レモンの皮、レモン汁、松の実をくわえて混ぜる。

3. 空焼きしたタルトに流しいれ、180℃で40分ほど焼いて、こんがりと焼き色がついたらオーブンから取りだす。

4. 10分冷まして、粗熱が取れたら召し上がれ。

レモンメレンゲとサジーのパイ

　ヨーロッパの温暖な砂浜で見られるひときわ美しい光景のひとつに、群生するサジーがある。サジーは深緑色の細長い葉の中に、鈴なりの鮮やかなオレンジ色の実をつける。古英語の学者であるトールキンなら、海岸に生えるこの低木に特別な思いを抱いていたとしても不思議はない。古代のアングロ・サクソン人はサンザシと同じようにサジーにも魔除けの力があると信じて、お守りにしていたのだ。棘を意味するルーン文字"ðorn"には、防御の力があると考えられていた。

　おそらく、ミドルアースの北西にある海岸の砂地にもサジーが生えていたのだろう。第一紀のベレリアンドのファラス（シンダール語で"海岸"）と呼ばれたあたりにも、サジーが茂っていたはずだ。海沿いに住むエルフであるファラスリム族は採集の達人で、オレンジとマンゴーを混ぜたような味がするこの酸っぱいベリーを上手に使っていたにちがいない。

　クリーミーなレモンのフィリングとこんもり盛った甘いメレンゲが奏でるハーモニーが、昔ながらのこのパイの人気を揺るぎないものにしている。そこに色鮮やかなサジーのソースがくわわれば、さらにおいしくなるのはまちがいない。生のサジーの実は酸っぱいが、砂糖やメープルシロップと一緒に煮れば、感動するほどおいしくなる。

⇒ 作り方は次のページ

材料／6人分

所要時間／1時間
(冷やす時間は除く)

甘いタルト生地(市販品または自家製)
……375g
グラニュー糖……200g
コーンフラワー……40g
レモンの皮……2個分(すりおろす)
レモン汁……2個分
卵……4個(黄身と白身に分ける)
水……200〜250ml

ソース
サジーの実……250g
メープルシロップ……小さじ2
グラニュー糖……120g

作り方

1. 軽く打ち粉をした台の上でタルト生地を延ばし、直径20cm、深さ5cmの底が取れるタルト型に敷きこむ (生地をしっかり押さえて、波形の縁に密着させる)。型からはみ出した生地を切り落とし、生地の底にフォークで点々と穴をあけ、冷蔵庫で15分冷やす。

2. 生地の上にオーブンシートをのせ、タルトストーンを入れて、190℃に予熱したオーブンで15分焼く。いったん取りだして、オーブンシートごとタルトストーンをはずして、さらに5分焼く。

3. (タルトを焼いているあいだに) ボウルに75gのグラニュー糖、コーンフラワー、レモンの皮、卵黄を入れて、ダマがないようによく混ぜる。

4. 計量カップにレモン汁を入れ、合わせて300mlになるように水をくわえる。小鍋に移し、火にかけて沸騰させる。3の卵黄液を少しずつくわえて、ダマにならないようによく混ぜながら、もったりするまで煮る。タルトに流しいれ、表面を平らにならす。

5. 卵白をツノがピンと立つまで泡立てる。残りのグラニュー糖を小さじ1ずつくわえて、さらに1〜2分泡立てて、艶やかでしっかりしたメレンゲを作る。

6. レモンタルトにメレンゲをたっぷりのせて、スプーンの背などでツノを立たせる。

7. 180℃に予熱したオーブンで15〜20分焼いて、メレンゲがこんがりするまでしっかり火を入れる。オーブンから取りだして、15分ほど粗熱を取り、型から取りだして皿に移す。

8. (タルトを焼いているあいだに) 小鍋にサジーの実とメープルシロップを入れて、中火にかける。少量の水 (分量外) をくわえて煮立たせたら、火を弱めて蓋をして、10分ほど煮る。

9. ボウル、またはジャグに漉し器をセットして、スプーンなどで実をつぶしながら漉す。

10. 小鍋に戻し、グラニュー糖をくわえて弱火で熱し、かき混ぜて溶かす。ジャグなどに移して冷まし、タルトにかける。

エルベレスの星のベリーのクリーム

ヴァリノールの祝日のスイーツを想像してみよう。カナダやアメリカ北西部にブルーベリーの木が生えているように、ヴァリノールの北部、たとえばフォルメノス（フェアノールとその息子たちの"北の砦"）周辺の丘陵地帯にも、ブルーベリーの木があったにちがいない。アメリカの先住民ははるか昔から、野生のブルーベリーの空色の実を摘んでいた。また、ブルーベリーの花が星の形をしていることから、その実を"スター・ベリー"と呼んでいた。さらに、ブルーベリーの根からお茶も作っていた。

それでは、星を作ったヴァラールの女王ヴェルダにちなんだスイーツをご紹介しよう。星の生みの親であるヴェルダは、星の光の下で初めて目覚めたエルフから特に崇められていた。ヴェルダの別名は"エルベレス"といい、それはシンダール語で"星々の女王"を意味する。というわけで、このスイーツは雲ひとつない明るい星空の下で味わってほしい。

材料／6人分
所要時間／15分
（冷やす時間は除く）
グラニュー糖……150g
冷水……大さじ3
熱湯……大さじ2
ブルーベリー（生）……150g
フロマージュ・フレ……400g
カスタードクリーム（市販品）……425g

小さなこのデザートにミニサイズのメレンゲやレモンのショートブレッドを合わせると、格別においしくなる。バナナクリームにアレンジするなら、ブルーベリーの代わりに2本のバナナをスライスして使い、完成したデザートに削ったダークチョコレートをちりばめよう。

作り方

1. フライパンにグラニュー糖と冷水を入れ、弱火にかけて、混ぜながら熱する。グラニュー糖が溶けたら、混ぜるのをやめて煮立たせ、縁のあたりが焦げてシロップ状になるまで3～4分加熱する。

2. シロップがはねるので、充分に距離を取りながら熱湯をくわえ、鍋を揺すって、シロップと熱湯をなじませる。ブルーベリーをくわえて、1分ほど煮たら、火からおろして冷ます。

3. フロマージュ・フレとカスタードクリームを混ぜあわせ、スプーンですくって小皿に盛り、2のブルーベリーソースをかける。

レゴラスのキイチゴのプディング

　トールキンのエルフの中で、誰よりも詳しく描かれ、読者にもよく知られているのがレゴラスだ。シンゴル、フェアノール、ルーシエンは別として、『シルマリルの物語』に出てくるエルフの多くは、なんとなくよそよそしくて、"神話の中の存在"という印象が拭えない。『指輪物語』に出てくるエルロンドやガラドリエルやアルウェンは、賢者、大きな力を持つ女王、忍耐強く誠実な王女で、いかにもトールキンのエルフらしい（典型的なエルフといってもいいだろう）。もちろん、ある意味でレゴラスもステレオタイプのエルフではある——眼光鋭い弓の名手で、ときに高慢で、自然と調和して生きている。だが、それだけではない奥深さが感じられる。レゴラスには物語があるのだ——生来の先入観を捨てて、ドワーフのギムリと友情を育むなど、俗世とそこで生きる者たちに心を寄せる。

　しっかり肉付けされた登場人物の背景には物語があり、それをどのぐらい描くかは作家の自由だ。そして、読者には、描かれなかった部分を空想で埋める自由が与えられている。というわけで、レゴラスについて少し空想してみよう。レゴラスはスランドゥイルのひとり息子で、シンダールの王子としてかなり閉鎖的な幼少期を過ごし、臣民である身分の低い緑のエルフと交わることはなかったはずだ。いっぽうで、反抗的な一面もあり、秋になると父親の宮殿を抜けだして、森にベリー狩りに行ったにちがいない。そうして、腹がはち切れそうなほどキイチゴ（ブラックベリー）を食べて、何をしていたかがひと目でわかるほど口のまわりを紫色にして帰ってきたことだろう。

⇒ 作り方は次のページ

材料／4人分

所要時間／45分

(冷ます時間は除く)

ブラックベリー (生、または冷凍) ……
150g

リンゴ (生食用) ……2個

(芯を取り、皮を剝いて、薄切りにする)

水……大さじ1

グラニュー糖……50g

スポンジケーキ (トライフル用) ……4片

シェリー (辛口または甘口) ……大さじ3

カスタードクリーム (市販品) ……
425g

メレンゲ

卵白……3個分

グラニュー糖……75g

昔ながらのトライフルをアレンジしたこのスイーツは、いろいろな食べ方ができる。冬なら温かいままで、夏なら冷やして食べてもおいしい。酒飲みなら、フルーツのコンポートに少量のブランデーやウイスキーをくわえるのもいいだろう。

作り方

1. 鍋にブラックベリー、リンゴ、水、グラニュー糖を入れ、蓋をして弱火で5分ほど煮る。果物が煮えてやわらかくなったら、火からおろして冷ます。

2. スポンジケーキをひと口大にちぎり、容量1.2lのパイ皿、またはグラタン皿に敷き詰めて、シェリー酒をかける。1の果物を上に並べ、煮汁 (シロップ) をかけて、カスタードクリームを塗り広げる。

3. 大きめの乾いたボウルに卵白を入れ、ツノがピンと立つまで泡立て、グラニュー糖を小さじ1ずつくわえて、その都度泡立てる。艶やかでしっかりしたメレンゲができたら、カスタードクリームの上にふんわりと盛って、スプーンの背でツノを立たせる。

4. 180℃に予熱したオーブンで15〜20分焼いて、メレンゲに火を通し、こんがりとした焼き色をつける。焼きたてを召し上がれ。

オッセのゼリー

ヴァラールやマイアールの中には、エルフと親しく接し、思いやりを見せる者がいる。そんなマイアールのひとりが、水の王ウルモの従者オッセだ。オッセは島や海辺を愛しているが、気性は荒々しく、ふいに怒りくるうこともある。ギリシア神話の海の神々トリトンやネレウス、プロテウスにそっくりだ。

大いなる旅でエルフが西へ向かっているときに、オッセは海辺のエルフであるテレリ族と親しくなった。そうして、キールダン（21ページ参照）を

はじめ一部の者を説き伏せて、ヴァリノールへの旅をやめさせた。その場に留まらせて、海にまつわるあれこれを教えたのだ。船の造り方、航海のしかた、海の音楽、もちろん海の料理も教えたにちがいない。

オッセの得意料理のひとつはおいしいゼリーだったのかもしれない。当時は凝固剤として、ファラスの海岸でとれた海草を乾燥させたカラギーナンを使ったのだろうが、今は寒天を使って同じようにおいしいゼリーが作れる。

材料／4人分
所要時間／15分
(冷やし固める時間は除く)

クランベリージュース……1ℓ
寒天(フレーク)……大さじ4
グラニュー糖……100g

子供の頃に好物だった懐かしのゼリーを作ろう。ゼラチンの代わりに、海藻が原料の寒天を使えば、ビーガンやベジタリアンも楽しめる。ゼラチンのゼリーに比べて歯応えがあるが、おいしさに変わりはない。ラズベリーやイチゴ、乳製品不使用のアイスクリームを添えて召し上がれ。

作り方

1. 鍋にクランベリージュースを入れ、寒天とグラニュー糖をくわえる。かき混ぜて、10分ほど置いておき、寒天に水分をしっかり含ませる。

2. 弱火にかけて、かき混ぜながら砂糖を溶かす。沸騰させ、そのまま1〜2分煮立たせて、寒天を完全に溶かす。

3. 火からおろして、ゼリー型に注ぐ。粗熱が取れたら、4時間ほど冷蔵庫に入れて冷やし固める。

4. 型をはずして、皿にのせる。

スィンベルミュネのアイスクリーム

ご承知のとおり、トールキンが描いたミドルアースの動植物は、大半が現実の動植物を参考にしているが、いくつか架空の植物（144ページ参照）も出てくる。そのひとつがスィンベルミュネ（忘れじ草）だ。エルフからはウイロスやアルフィリンと呼ばれている背の低い植物で、白い花が咲く。『シルマリルの物語』を読むと、スィンベルミュネがエルフの隠れた都ゴンドリン（31ページ参照）へ通じる渓谷（第四と第五の門のあいだの渓谷）に生えているのがわかる。時代が進むと、戦士の墓にその花が咲き乱れている様子が描かれている。スィンベルミュネとは"永遠の記憶"という意味で、"忘れな草"のように何かを思い出させる花らしい。

トールキンはその花をアネモネにたとえているが、甘い香りのウッドラフにも似ている。その昔、兵士は戦場での無事を祈って、ウッドラフの星の形の白い花をヘルメットの中に忍ばせた。兵士と縁があるところも、スィンベルミュネとの共通点だ。というわけで、ウッドラフの甘く芳しい葉を使って、香り高くておいしいアイスクリームを作るとしよう。

材料／6人分
所要時間／30分
（置いておく時間と凍らせる時間は除く）
牛乳(特濃)……300ml
ココナッツミルク……400ml
ウッドラフの葉……20g
卵黄……5個
グラニュー糖……75g

ほのかに甘いウッドラフはハーブとしてはあまり知られていないが、庭で育てると何かと重宝する。繊細な草の香りのアイスクリームにも使えるのだ。ウッドラフをスターアニス2個に替えれば、トロピカルなフレーバーのアイスクリームになる。

作り方

1. 鍋に牛乳、ココナッツミルク、ウッドラフの葉を入れて、弱火で熱する。沸騰したら、すぐに火からおろして、2時間ほど置いておく。濾して、ウッドラフの葉を取り除く。

2. ボウルに卵黄とグラニュー糖を入れ、白っぽくなるまですり混ぜる。1の牛乳液をくわえて鍋に移し、かき混ぜながら弱火で熱する。もったりしたら、火からおろして冷ます。

3. アイスクリームメーカーに移し、説明書の指示どおりにアイスクリームを作る。アイスクリームメーカーがなければ、冷凍できる容器に入れて冷凍し、縁が凍りはじめたら、フォークやハンドミキサーでよくかき混ぜる。冷凍庫に戻し、縁が凍りはじめたらかき混ぜるという作業を、さらに2回以上繰り返し（こうすることで、なめらかなアイスクリームになる）、完全に凍らせる。

植物の宝庫

　トールキンは自然を愛していた。子供の頃に母から植物学を教えられ、イングランド中部地方の田園地帯を歩きまわって、そこに生える草花を心ゆくまで楽しんだ。植物への愛は作品にも盛りこまれている。『指輪物語』を読む者は、変化に富んだミドルアースの広大な大地を行く登場人物を追ううちに、いつのまにかその自然の中に入りこむ。ホビット庄で足元に豊かな大地を感じ、古森でイバラやイラクサの茂みに絡まり、はるか遠い地平線にぼんやりと霞む霧の山脈を眺めるのだ。旅人の服の縫い目に染みこむ土砂降りの雨や、カラズラス（赤角山）の指先が凍りつくほどの吹雪、ゴンドールのような南の大地の灼熱の太陽など、さまざまな天気まで体験することになる。

　読者が想像の翼を広げて自然に浸れるのは、息づく大地やそこに生い茂る木や草やハーブを、トールキンが丹念かつ生き生きと描写しているからだ。とりわけ『指輪物語』に登場する自然は、その自然に生かされているホビットや人間やエルフに負けないほどの存在感がある。ロスローリエンに生えるマッロルンの木の銀灰色に光る樹皮、モルグルの刃で傷を負ったフロドの治療に使われたアセラス（王の葉）の細長い葉と鼻を刺すその匂い、そして、モルドールの山陰でフロドとサムがベッド代わりに横たわる茶色いシダの茂みなど、細部にわたって鮮やかな描写が数限りなくちりばめられている。自然はそこに生きる者を感じている——歩く木のエント族はまさにそれを体現しているのだ。

"木のひげ" と呼ばれるエントは『二つの塔』で、ホビットのメリーとピピンに、エント女が姿を消したことを話して聞かせる。それはエルフと人間の詩で語り継がれている悲しい物語だ。アングロ・サクソン語で "巨人" を意味するエントは、ミドルアースの森に生える自然の木々の牧人を自任し、木と話す方法をエルフから教わった。いっぽうで、エント女は時の流れとともに野生のサクランボの木やリンゴの木など、さほど大きくない木に心惹かれるようになり、その種の木を果樹園や庭園で育てはじめたのだった。ギリシア神話のドリュアス（親切な木の精霊）にも似たエント女は、人間だけでなく、エルフにも園芸を伝授したようだ。

ミドルアースの植物の大半は北欧の植物と合致しているが、マッロルンやアセラスなど、アマンやヌーメノールが原産の架空の植物もたくさんある。また、トールキンは地域や国ごとに異なる植物を配し、それゆえに林や森はそれぞれに個性的だ。たとえばロスローリエンとファンゴルンはわずか数十マイルしか離れていないが、生態系はまったく異なる。ロスローリエンは広々として明るく、白い花を咲かせるニフレディルや金色の星の形をしたエラノールなど、無数の花が咲き乱れているが、ファンゴルンは薄暗くてカビ臭く、雑然としていて、ピピンの言うとおり、トゥック爺さんの書斎のようだ。

これほど豊かで多様な植物に囲まれて、エルフの食文化はどのように形成されていったのだろう？　それは読者の想像に任されている。エルフのレンバスの材料となる穀物、リンゴやプラムなどの果樹園の果物、ニンジンやキャベツやジャガイモといったホビット庄の家庭菜園でとれる野菜は、時代や場所に関係なく栽培されていたのだろう。かたや、ハーブ、植物の根、木の実、キノコ、ベリー類などは、その土地土地でとれるものがちがっていたはずだ。

飲み物
DRINKS

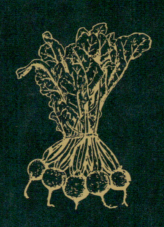

エルフは人間と同じようにさまざまな理由で飲み物を飲む。喉の渇きを癒やすため、気分転換のため、祝杯をあげて陽気にはしゃぐため、そして、ときには酔って不安や悲しみを忘れるためにも。また、エルフのレンバス（携行食）同様、飲み物が精神的に大きな意味を持つこともある。

ノンアルコールの飲み物で何よりもエルフらしいのは、ミルヴォールだ。それはトールキンの伝説空間のごく初期に登場したコーディアル（ハーブで作る飲み物）、または強壮飲料（トニック）のようなものだ。色は黄金で、味は爽快。ある意味で魔法の飲み物のようだが、エルフは"魔法"という言葉を否定するだろう。エルフにとって自然界のあらゆるものは、"万物の父"であるエル・イルーヴァタールが創造したものなのだ。

アルコール飲料でエルフの大のお気に入りはワインだ。とはいえ、ホビット、人間、ドワーフ、さらにはオークも、ミドルアースに生きる者はみな、1、2杯ぐらいはワインをたしなむ。エルフは第一紀に（おそらくヴァラールから栽培方法を教わって）ブドウを育てはじめたようで、第三紀にはホビット庄からゴンドール、リョヴァニオンまで、ミドルアースのいたるところでワインが造られ、飲まれるようになった。とはいえ、闇の森の王ほどのワイン通はいないだろう。そのワイン蔵には最高級のワインの樽がずらりと並び、ワインの世話をする執事兼ソムリエまでいるのだ。

それでは、さまざまな場面に応じた飲み物をご紹介することにしよう。2種類のミルヴォールもあれば、自家製のスロージン（ジンにスローベリーと呼ばれる西洋スモモやレモンを漬けこんだ飲み物）、エルフの王もご満悦の芳しいワインパンチもある。

ギルドールのセイヨウニワトコのコーディアル

フロド、ピピン、サムのホビット三人組は、末つ森（41ページ）の"上のエルフ"のもとを離れてまもなく、自分たちを助けてくれたエルフが気をきかせて、水筒においしい飲み物を入れてくれたことに気づいた。それがどんなものなのか記されていないのは、ホビットたちが知らない飲み物だったからかもしれない。いずれにしても、それはトールキンの世界にたびたび登場する元気が出る飲み物ミルヴォールにそっくりだ。

ミルヴォールについてはトールキンも詳しく解説している。見た目は"淡い金色"で、"いくつもの花から集められた蜂蜜"のような香りがして、飲めば"驚くほど元気が出る"らしい。それを飲

んだホビットは酔っ払ったわけでもないのに、上機嫌になって、笑いころげ、雨が降っても指をパチンと鳴らす。これ以上は望むべくもないエルフの飲み物というわけだ。副作用もなく、二日酔いにもならない完璧な強壮剤なのだから。

ヴァラールのミルヴォーレにちなんで名づけられたミルヴォールは、追放されたエルフがヴァリノールで飲んだ万能薬を再現しようとした飲み物で、手に入る材料で工夫を凝らしたにちがいない。これからご紹介するギルドールのコーディアルには、ホビット庄の森に咲き乱れていたはずのセイヨウニワトコ（エルダーフラワー）を使った。

材料／約1l分
所要時間／10分
（置いておく時間は除く）

エルダーフラワー……20房
レモン……3個（スライスする）
クエン酸……25g
グラニュー糖、または上白糖……
　1kg
熱湯……1l

セイヨウニワトコの乳白色の花は最高のコーディアルになる。乾燥した日に花を摘み、大きなボウルに水を張って、花をそっと振り洗いして、泥や虫を落としてからコーディアルにくわえよう。クエン酸は薬局、品揃えのいいスーパーマーケット、ネットで手に入る。

作り方

1. 耐熱性の大きなボウルに、エルダーフラワー、レモン、クエン酸を入れる。
2. 砂糖に熱湯を注ぎ、よく混ぜて砂糖が溶けたら、1のエルダーフラワー液にくわえて蓋をし、一晩置いておく。
3. サラシなどで濾して、煮沸消毒した瓶に注ぐ。冷暗所で保存し、半年ほどで飲み切る。

イムラドリスのコーディアル

　もうひとつのミルヴォールをご紹介しよう。こちらは旅の仲間がさけ谷（シンダール語で"イムラドリス"）を去るときに、エルロンドがガンダルフに託したさけ谷産のコーディアルをヒントにした。そのコーディアルは、ギルドールのコーディアルより明らかに貴重で、強力だ。ギルドールが三人のホビットのそれぞれの水筒にコーディアルを入れたのに対して、エルロンドが1本しか渡さなかったのはそのためだ。ホビットたちはギルドールか

らもらった飲み物を、何も考えずに飲み干したようだが、ガンダルフがエルロンドからもらったコーディアルを取りだしたのは、旅の仲間がカラズラス山で吹雪にあい、絶体絶命の窮地に陥ったときだけだ。そればかりか、ガンダルフはその飲み物を"とても貴重なものだ"と言って、ひと口ずつしか飲ませなかった。それでも、体力も気力も充分に回復した。

材料／20杯分
所要時間／20分
（冷やす時間は除く）
レモン（防カビ剤・ワックス不使用）……
3個（洗って、薄くスライス）
ハチミツ……大さじ2
ショウガ……100g
（皮を剥いて、薄切り）
グラニュー糖……625g
水……900ml
酒石酸（クリームタータ）……25g

　このコーディアルは1対3の割合で水で割って、スライスしたレモンを飾り、そこに氷とミントの葉、あるいはレモンバームを入れると、すっきりして爽快な飲み物になる。大人が飲むなら、少量のウオッカやジンをくわえてもいいだろう。

作り方

1. 鍋にレモン、ハチミツ、ショウガ、グラニュー糖、水を入れ、火にかけて煮立たせる。火を弱め、ときどきかき混ぜながら20分ほど煮る。グラニュー糖が溶けて、レモンがあらかた透きとおったら、火からおろし、酒石酸をくわえて混ぜ、冷ます。

2. レモンを数枚取りだして、取っておく。濾しながら煮沸消毒した広口の瓶、または密封できるジャーに注ぎ、取っておいたレモンを入れる。しっかり蓋をして、冷蔵庫で保存し、1カ月以内に飲み切る。

エラノールとリッスインのアイスティー

トールキンが描いたミドルアースの動植物の大半は、現実の世界の動植物が元になっている。カシやブナの木立や、絡みあうイラクサやシャクやイバラが描かれているおかげで、読者は自分もホビットと一緒にホビット庄の森や野原を歩きまわっているような臨場感を味わえるのだ。トールキンという作家は自然を見事に写しとる。

エルフが暮らす土地には、架空の植物やどこかしら脚色した植物が描かれている。ロスローリエンにはマッロルンというブナのような巨木があり、春にだけ美しく紅葉した葉を落とし、新たな葉を生やす。同じくロスローリエンには、金色と銀色の星の形の花エラノールがあり、それはルリハコベの花を少し大きくしたような花らしい。エルフが愛したもうひとつの花は、トル・エレッセア（45ページ参照）に生える香り高いリッスインだ。

エラノールとリッスインを混ぜて作った爽やかな飲み物は、なぜかタンポポとゴボウで作るイギリスの昔ながらの爽やかな飲み物を連想させる。マッロルンの木に渡したハンモックの上で、ゆったりと過ごす午後のひとときに飲んでほしい。

材料／850ml分
所要時間／15分
（漬けておく時間は除く）
乾燥タンポポの根……大さじ1
乾燥ゴボウ……大さじ1
水……850ml
氷……適量

抗酸化物質たっぷりの健康に良いアイスティーは、一日中いつでも楽しめる。消化を助ける食後の一杯にするなら、ミントをくわえよう。柑橘系の香りを付け足すなら、スライスしたレモンやオレンジをくわえるといい。温かいうちに蜂蜜を混ぜれば、ほんのり甘い飲み物になる。

作り方

1. 鍋にタンポポの根、ゴボウ、水を入れ、中火にかけて沸騰させる。火を弱め、10分煮出したら、火を消して冷ます。
2. 濾しながらジャグや清潔な瓶に注ぐ。飲む直前に、氷を入れた背の高いグラスに注ぐ。冷蔵庫で保存して、1週間以内に飲み切る。

ゴールドベリのイラクサのハーブティー

古森の木を焼き払った空き地には、ドクニンジン、アザミ、ウッドパセリ（野生のパセリ）とともに、イラクサがはびこっている。そこは、かつて古森の木々が高垣（バック郷を守るための密な生垣）を襲うようにおおいかぶさった場所で、ホビットのブランディバック一族が何本もの木を切り倒して、焼き払ったのだった。フロドとその仲間がホビット庄を離れたのは、ちょうど秋の始まりで、その空き地は見るからに荒れていて、伸び放題の雑草が種をつけはじめたところだった。

まもなくホビットたちと会うことになるトム・ボンバディルと妻のゴールドベリは、その食事からもわかるとおり、森の食材調達の達人で、イラクサも上手に利用していたはずだ。おいしいスープや、これからご紹介するような爽やかで心安らぐハーブティーの材料にしたにちがいない。

"川の娘"であるゴールドベリの出自については、さまざまな意見がある。ほんとうはマイアール族（ヴァラールに仕える下位の精霊）なのかもしれないし、トールキンがほのめかしているように、実り豊かな自然を擬人化したまったく別の生き物なのかもしれない。いずれにしても、玉虫色の服をまとい、花を彷彿とさせるゴールドベリは、トールキンの伝説空間だけでなく、ヨーロッパの神話にも数多く登場するエルフの女王のような姿をしている。

材料／4人分
所要時間／20分
イラクサの葉……50g（粗く刻む）
水……1l
砂糖、またはハチミツ……大さじ1

爽やかなハーブティーを作るためにイラクサをとるときには、かならずゴム手袋をはめよう。その際に、古いイラクサの葉を探すと、ハーブティーの甘みが増す（古いイラクサの葉は、若い葉よりやや長く、丸みを帯びている）。イラクサはよく洗ってから使うこと。

作り方

1. 大きめの鍋にすべての材料を入れて、火にかける。沸騰したら、火を弱めて15分ほど煮る。
2. 濾しながらマグカップなどに注ぎ、お好みで砂糖やハチミツ（ともに分量外）を足す。

ローリエンのカモミールティー

　トールキンの伝説空間のヴァリノールには、ローリエンと呼ばれる広大な庭園がある。そこにはたくさんの柳や花、泉や湖があり、願望を司るヴァラールのイルモと、その妃で癒やし手のエステが住んでいる。ローリエンはエデンの園やアバロンのような楽園で、目覚めと眠り、現実と夢のはざまにある安息と癒やしの地と言ってもいい。ヴァリノールのエルフが求める安らぎと休息があるのだ。『指輪物語』に記されているとおり、か

つてガンダルフはローリエンで暮らしていて、その頃は"夢"を意味するクウェンヤ語から派生した"オローリン"という名で呼ばれていた。
　オローリンだった頃のガンダルフは、カモミールの花からリラックス効果のあるハーブティーを作り、その地にやってきたエルフに与えていたのかもしれない。苦難と悲しみで疲れ果てたエルフたちも、それを飲めば心がやわらいだことだろう。

材料／約200ml分
所要時間／5分
レモン……1個
フェンネル……150g
冷えたカモミールティー……
100ml
氷……適量

　栄養満点のこの飲み物を作るには、ジューサーが欠かせない。フェンネルにはビタミンA、C、B6、鉄分、カルシウム、マグネシウムが豊富に含まれ、芳しくほのかなその甘みはカモミールのお茶とすばらしいハーモニーを奏でる。フェンネルの半量をレタスの葉に置き換えれば、さらにやさしい味になる。

作り方

1. レモンの皮をざっと剥き、フェンネルとともにジューサーにかける。液状になったら、カモミールティーをくわえて混ぜる。
2. 氷を入れたグラスに注ぎ、レモンスライス（分量外）を飾る。

エオルのスロージン

ホビット庄にはまちがいなくブラックソーン（スピノサスモモ）の木がある。酸味があって真っ黒なブラックソーンの実は、ビルボが作った"歩く歌"にも歌われて、フロドとピピンとサムは末つ森を歩きながら、その歌を口ずさむのだ。ブラックソーンの木はミドルアースのいたるところで見られ、もちろんベレリアンドにも生えていたはずだ。エルフはその実を集めて、賢く使ったにちがいない。

それでは、ブラックソーンの実を使って、シンダール・エルフのエオルの名を冠したスロージンを作ってみよう。エオルが治めるナン・エルモスは陽が射さない小さな森で、身内であるシンゴル

の王国ドリアス（46ページ参照）から東へ数リーグのところある。エルフはそもそも複雑な生き物で、あくまでも善良な存在として描かれることはほぼないが、中でもエオルは特に陰湿で、つねに闇や邪悪さが漂っていた。多くのエルフが灰色や青い目をしているのに対して、エオルの目は黒く、地下の民であるドワーフと異様なほど親しかった。また、高名な鍛冶師でもあり、ガルヴォルンという堅牢な漆黒の鋼を完成させた。

苦悩を抱え、密かに復讐を誓いながら、夜を徹して鋼を鍛えたエオルは、こんな酒を飲みながら朝を迎えたのかもしれない。

材料／750ml分
所要時間／15分
（置いておく時間は除く）

スローベリー（ブラックソーンの実）……
500g
グラニュー糖……250g
ジン……700ml

酸味がありながらも、深いコクとフルーティーな風味が感じられるスロージンは、冬にストレートで飲めば、体が芯から温まる。できることなら、暖炉の前でグラスを傾けたい。夏の宵の庭で飲むなら、炭酸水かトニックウォーターで割ろう。また、プロセッコ（イタリアのスパークリングワイン）で割れば、特別感のある食前酒になる。

作り方

1. スローベリーを水でゆすぎ、茎を取り除いて、キッチンペーパーで水気を拭う。爪楊枝などで細かく穴をあけ、煮沸消毒した密封できる広口のガラス瓶に入れる。

2. グラニュー糖とジンをくわえて、しっかり蓋をして、瓶をよく振る。1週間、毎日一度、瓶を振り、冷暗所に2〜3週間置いておく。

3. サラシなどで濾して、煮沸消毒した瓶に入れる。

ライクウェンディのカクテル

トールキンが描いたエルフ族の中で、イギリスの民話に登場するエルフ（緑色の服をまとって、歌を口ずさみ、森に隠れ住む妖精）にもっとも近いのは、緑のエルフことライクウェンディ族かもしれない。ライクウェンディはテレリ族の一派で、七つの川の国オッシリアンドの森に暮らし、ベレリアンドの他のエルフとはほとんど交流がない。とりわけ森の知識が豊富で、狩りや戦いには頑丈な木の弓を使い、その地に生える何百もの薬草や花の利用法を知り尽くしていた。

それを考えると、ライクウェンディがフランスのリキュールであるシャルトリューズ（130種もの薬草と花で造られる酒）に似た飲み物を造っていたとしても不思議はない。その酒の色（夏のカシの木の生い茂る葉にも似た緑色）を気に入っていたはずだ。

材料／1杯分
所要時間／5分
ジン……45ml
（30mlのメジャーカップなら1と½）
ベルモット（甘口）……30ml
（上記メジャーカップ1）
シャルトリューズ……15ml
（上記メジャーカップ½）
オレンジビターズ……1滴
氷……適量
（飾り用）カクテルチェリー

原料である植物由来の美しい緑色をしたシャルトリューズには、ほのかな甘みとつんとするハーブならではの風味がある。その甘みがジンとよく合うのだ。ここではベルモットをくわえて、大人のカクテルに仕上げよう。

作り方

1. すべての材料をカクテルシェイカー、またはボウルに入れて、30秒ほど混ぜる。濾しながら、冷やしておいたマティーニグラスに注ぎ、カクテルチェリーを飾る。

エルフの料理帳

エルフ王の赤ワインのパンチ

『ホビット』では、エルフ王と森のエルフ（シルヴァン・エルフ）の赤ワインへの偏愛が、物語を進める上で重要なポイントになっている。王の護衛たちがワインを飲んで居眠りをしたおかげで、ビルボはまんまと牢獄の鍵を盗み、牢から仲間を助けだした。さらに、"森の川"の河口にある"湖の町"からエルフ王の宮殿へとワインを運ぶ樽を使って、仲間とともにエルフの王国からまんまと抜けだしたのだった。

エルフ王の食卓によくのぼるのは芳醇な赤ワインで、それは闇の森の東の果て、リューンの湖の北西の湖岸にあるドルウィニオンの地で造られたものだ。とはいえ、エルフ王が森の空き地で食べるランチのためにパンチを作るなら、もっと軽めのワインで充分だ。

材料／10人分
所要時間／5分（冷やす時間は除く）
氷……20〜30個
スペイン産の赤ワイン（ライトボディ）
……750mlを2本（冷やす）
（お好みで）ブランデー……125ml
炭酸水……450ml（冷やす）
リンゴ、ナシ、オレンジ、レモン、モモ、
イチゴなど……適量（スライスする）
（飾り用）オレンジ……適量
（スライスする）

爽やかな夏には、パンチで乾杯しよう。フルーティーで軽やかでおいしいパンチは、手早く作れて、大勢の客をもてなすのに重宝する。フルーツは季節に応じてアレンジするといい。ただし、ジャグの中で溶けて崩れたりしない果物を選ぶのをお忘れなく。

作り方

1. 大きめのジャグに氷を入れ、ワインとブランデーを注いで混ぜる。
2. 炭酸水と果物をくわえる（炭酸水は飲む直前にくわえる）。
3. オレンジを飾ったグラスに注ぐ。

索 引

あ

アラゴルン……34, 62, 110, 111, 121, 128
アルウェン……16, 34, 62, 103, 110, 111, 121, 139
アルクウァロンデ……8, 9, 44, 53
イシリエン……9, 32
ヴァリノール……8, 25, 29, 37, 43, 53, 58, 60, 64, 66, 67, 71, 88, 92, 101, 104, 108, 118, 121, 124, 126, 138, 142, 148, 152
ヴァンヤール……9, 24, 64, 66, 71, 74, 92, 118
エルフ王 ……6, 19, 46, 73, 157
エルフの目覚め……74
エント女……23, 38, 101, 144, 145
躍る小馬亭……7, 8
オロメ……43, 60, 88, 89, 100, 108, 109

か

ガラドリエル……7, 19, 21, 48, 80, 83, 106, 123, 126, 128, 139
ガンダルフ……13, 21, 37, 60, 82, 99, 149, 152
キールダン……20, 21, 58, 76, 82, 142
暗闇のエルフ……66, 72

コイマス……100, 101, 108, 114, 119

さ

さけ谷……6, 9, 11, 18, 34, 38, 77, 83, 99, 121, 134, 149
『シルマリルの物語』……6, 7, 14, 19, 25, 28, 29, 31, 51, 61, 62, 69, 73, 74, 94, 111, 115, 120, 124, 139, 143
シンダール族……38, 93, 101

た

テレリ族……8, 38, 50, 101, 115, 116, 124, 142, 155
ドワーフ……6, 25, 39, 41, 46, 48, 69, 70, 85, 99, 123, 134, 139, 147, 154

は

半エルフ……16, 34, 52, 58, 111
光のエルフ……46, 66
フェアノール……25, 52, 53, 61, 70, 78, 88, 120, 138, 139

古森……42, 144, 151
フロド……7, 11, 21, 39, 62, 106, 121, 123, 128, 131, 144, 148, 151, 154
ベレリアンド……6, 8, 9, 12, 16, 19, 25, 28, 31, 35, 38, 50, 51, 58, 69, 76, 78, 79, 88, 101, 103, 112, 114, 115, 118, 119, 120, 124, 126, 130, 134, 135, 154, 155
『ホビット』……6, 7, 12, 13, 19, 39, 41, 46, 48, 61, 69, 73, 93, 99, 111, 120, 121, 123, 126, 157
ホビット庄……11, 14, 23, 24, 28, 41, 48, 51, 114, 131, 144, 145, 147, 148, 150, 151, 154

魔法使い……37, 60, 69, 82, 124
ミドルアース……6, 7, 8, 13, 14, 19, 21, 24, 28, 35, 37, 38, 42, 43, 45, 48, 51, 53, 58, 60, 61, 64, 66, 67, 70, 72, 73, 74, 79, 82, 86, 89, 93, 94, 100, 101, 103, 108, 109, 111, 114, 115, 116, 120, 126, 130, 134, 135, 143, 144, 145, 147, 150, 154
ミナス・ティリス……8, 19, 51, 64, 111

モルゴス 25, 31, 43, 53, 58, 89, 92, 112, 126

や

ヤヴァンナ……13, 29, 37, 92, 101, 108, 114, 131, 132, 134
闇の森……6, 9, 12, 37, 42, 84, 93, 147, 157
『指輪物語』……7, 11, 12, 14, 18, 19, 21, 23, 34, 35, 38, 39, 41, 51, 56, 61, 62, 69, 70, 73, 99, 101, 106, 111, 114, 120, 121, 126, 139, 144, 152

ら

ルーシエン……12, 16, 46, 62, 109, 111, 131, 139
レゴラス……32, 56, 93, 123, 139
レンバス……101, 108, 114, 145, 147
ロスローリエン……9, 11, 12, 28, 35, 37, 38, 48, 56, 69, 80, 101, 106, 115, 121, 144, 145, 150

159

［著者］
ロバート・トゥーズリー・アンダーソン
Robert Tuesley Anderson

スコットランド在住の作家、詩人、編集者。邦訳書に『グリム童話の
料理帳』、『ホビットの料理帳』（原書房）がある。

［訳者］
森嶋マリ
Mari Morishima

翻訳家。武蔵野美術大学短期大学部デザイン学科卒業。『古書の来
歴』（武田ランダムハウスジャパン）、『プーアール茶で謎解きを』『グリム
童話の料理帳』（原書房）の他、『トランプ』（共訳、文藝春秋）、『メ
ルケル 世界一の宰相 』（共訳、文藝春秋）などがある。料理好きとして
も知られ、自身のブログやインスタグラム、YouTubeチャンネルなどで、お
菓子やパンをはじめ、さまざまな料理のレシピを公開している。

エルフの料理帳
トールキンの世界を味わうレシピ
2025年1月17日　第1刷

著者
ロバート・トゥーズリー・アンダーソン

訳者
森嶋マリ

ブックデザイン
和田悠里

発行者
成瀬雅人

発行所
株式会社原書房
〒160-0022 東京都新宿区新宿1-25-13
電話・代表03(3354)0685
http://www.harashobo.co.jp
振替・00150-6-151594

印刷
シナノ印刷株式会社

製本
東京美術紙工協業組合

© Mari Morishima 2025　ISBN 978-4-562-07492-1 Printed in Japan